CRÔNICAS DO INESPERADO

CRÔNICAS DO INESPERADO

Renato Prado Guimarães

imprensaoficial

"E o que vejo a cada momento
É aquilo que nunca antes eu tinha visto,
E eu sei dar por isso muito bem... [...]
Sinto-me nascido a cada momento
Para a eterna novidade do Mundo"

ALBERTO CAEIRO
O guardador de rebanhos

Diplomata aposentado é como arquivo reservado: só pode abrir-se dez, vinte anos depois.
Tempo bastante para que o arquivo morra com ele.
Mas não necessariamente a História.
Nem as estórias.
Que é o que se conta neste livro, de crônica amena e despretensiosa, informação pouco conhecida e surpreendente, às vezes mesmo desconcertante, sobre fatos e episódios inesperados e curiosos ligados ao Brasil e a sua presença no mundo.

A Bettina, minha mulher

I ORIGENS DESCONCERTANTES

MACUNAÍMA É VENEZUELANO?

Macunaíma não é brasileiro? Até hoje eu me sinto desconcertado ante a enormidade de minha tardia descoberta das raízes exógenas de nosso herói sem nenhum caráter.

A novela de Mário de Andrade, publicada pela primeira vez em 1926, é um marco sabidamente relevante na literatura e na própria formação intelectual do brasileiro. Assinala os primórdios da modernidade de nosso pensamento no século XX e provoca, com sua "cisma assombrada", sadia introspecção no nativo, contrastando-o de maneira cruelmente reveladora com os valores importados e passivamente aceitos. Tem algo de épico em sua comicidade e em seu drama. E o protagonista maior, que dá o nome à obra, é "o herói de nossa gente", como um prócer da nacionalidade na involuntária busca de uma identidade coerente com seu país — herói de aparências míticas mas contestador audaz de supostas realidades. Talvez, mais que herói, um anti-herói, que se impõe menos pelas afirmações do que pelos questionamentos — o renitente primitivo que perenemente disputa e qualifica nossas aspirações de pseudocivilizados.

O personagem-título da novela é apresentado por Mário de Andrade como filho da tribo dos tapanhumas, cujas tabas os etnólogos localizam nas confluências dos rios Arinos e do Tapajós, à margem direita e meridional do Amazonas. Mas na própria novela se dá como local de seu nascimento a barranca do Uraricoera, com nascentes na

Serra Parima e curso paralelo ao da Serra Pacaraima, divisores de águas entre a Amazônia e a Orinóquia e linhas de fronteira com a Venezuela. Nasce na fronteira, pois, o herói, mas foi do "capão de Meu Bem, que fica nos cerros da Venezuela", que "[...] imperou sobre os matos misteriosos". E é naqueles sítios também que, depois de magnas estripulias, e quando "deixou de achar graça nesta terra", o Pauí-Pódole, o Pai do Mutum transcendido no Cruzeiro do Sul, o transforma na constelação da Ursa Maior.

Na verdade, boa parte da trama de *Macunaíma*, numerosas peripécias, o nome e a própria personalidade de seu protagonista se inspiram em lendas indígenas recolhidas por Theodor Koch-Grünberg, pesquisador alemão que nas duas primeiras décadas do século XX visitou as tribos de Roraima e da Guaiana venezuelana. Mário leu no original seu *Von Roraima zum Orinoco*, editado em Stuttgart em 1916, detendo-se particularmente nos capítulos dedicados aos mitos dos taulipangues e dos arecunas — tribos aparentadas, do mesmo grupo linguístico Caribe, as primeiras com presença mais no Roraima brasileiro, as demais instaladas sobretudo nas margens setentrionais do Caroni, afluente do Orinoco, na bela e misteriosa Guayana. Em espanhol, a obra só apareceria em 1979, em Caracas, em edição de Ernesto Armitano, em três volumes; ouvi dizer que haveria uma edição dos anos 1930, em português, do Instituto de História de São Paulo, mas não pude confirmar. Nascido tapanhuma, mas nos estertores amazônicos das Serras Parima e Pacaraima, Macunaíma teria, pois, raízes também ao norte, na Venezuela.

Importante é que o próprio Mário de Andrade chama atenção para essas fontes venezuelanas de Macunaíma:

> "Não se pode dizer que o protagonista deste livro, que extraí da obra do alemão Koch-Grünberg, seja o Brasil. É tão ou mais venezuelano do que nosso e desconhece a estupidez das fronteiras [...]. O fato de que o protagonista do livro não seja absolutamente brasileiro me agrada muitíssimo"[1].

O autor parece aspirar a que seu personagem ultrapasse as fronteiras convencionais e ganhe universalidade, que tenha não a nacionalidade circunstancial dos Estados, mas sim a identidade essencial do homem — sua humanidade...

Em artigo publicado em dezembro de 1989 no *El Bolivarense*, de Ciudad Bolívar, Rafael Pineda, crítico e ensaísta venezuelano, dava por contado e muito positivo o elo entre as lendas recolhidas pelo professor alemão e a obra de Mário de Andrade. O título é de per si significativo: "Macunaíma: del mito de Guayana al diamante brasileño". Pineda recorda que o herói das lendas indígenas originais era o "[...] Grande Mau, ainda que na prática se trate de um maniqueísta frequentemente alegre e brincalhão [...] o riso mágico desde o fundo da natureza". E exalta "o diamante já talhado pelo sumo artífice: o romance *Macunaíma* [...] prodigioso rebuliço entre o mundo legendário e o mundo tecnológico". Em suas palavras,

> "a saga de Macunaíma, tal como a reinventa e projeta Mário de Andrade, abrange desde o rio Uraricoera até São Paulo

1 Citado no ensaio "El Tupy y el Laúd", de Gilda de Mello e Souza, que serve de prólogo à *Obra escogida* de Mário de Andrade, publicada como volume 56 na Biblioteca Ayacucho, a importante série latino-americana editada em Caracas.

> e Rio de Janeiro, girando em si mesma, assinalada por toda sorte de arrebatamento linguístico e metafórico [...], o que precisamente permitiu ao autor elaborar o que qualificou como 'poema heróico-còmico', a cada passo um estalido de humor, com o que fica desarmada toda sublimidade".

Tais descobertas me surpreenderam deveras, embora já me viesse acostumando a encontrar vínculos absolutamente inesperados entre o Brasil e a Venezuela. De um lado, chocava o brasileiro ser posto assim em dúvida, inclusive por seu criador, a brasilidade de um brasileiro maior, ainda que de uma "pátria tão despatriada"; de outro, excitava o embaixador uma afinidade profissionalmente atraente, de possível proveito para as boas relações entre o país a que servia e aquele no qual se encontrava servindo, uma vez que as origens binacionais de Macunaíma não deixam de nos mostrar mais próximos, nós e os bons vizinhos venezuelanos. É bem verdade que a dupla nacionalidade de Macunaíma, em se tratando do "herói sem nenhum caráter", poderia ser considerada ofensiva para quem não o tem, como nós, firmemente incorporado a seu acervo cultural e afetivo. Visto, porém, em sua condição universal de anti-herói, que lhe dá caráter (!), não parecia, o redescoberto Macunaíma, causar maior constrangimento. Pelo contrário, testei repetidamente as reações possíveis, com bons resultados. Quando de nosso tapanhuma roraimense ouviu descrição na linha em que o apresenta Gilda de Mello e Souza no ensaio que antes mencionei — "um vencido-vencedor, que faz da debilidade sua força, do medo sua arma, da astúcia seu escudo. Que, vivendo num mundo hostil, perseguido, diminuído, em luta contra a adversidade, termina sempre esquivando a desgraça [...]" — intelectual amigo não conteve este comentário, espontâneo e surpreso:

— Pero eso es puro venezolano!

Certamente muita gente terá conhecimento dos vínculos venezuelanos de Macunaíma. Pessoalmente ignorante, no entanto, e abalado pela tardia descoberta, interpretei-a como mais uma expressão da inelutável falta de caráter de Macunaíma, aprontando mais esta, transcendente, lá das alturas de sua tumba estelar, para os que ignorávamos aquelas fontes exógenas: por décadas venerado, com todas as suas mazelas, nos panteões de nossa nacionalidade, subitamente nos revela, ranheta e gozador, que não a tem. Por outro lado, perplexo diante de episódios perversos que se repetiam ao redor de Roraima e perturbavam a vida na fronteira, empolgado pela releitura da obra e impressionado ante a naturalidade corriqueira do sobrenatural que a permeia, pensava que muita gente supersticiosa questionaria se para aquelas adversidades contemporâneas não concorreria alguma influência mofina do astucioso e vingativo primitivo.

Fosse eu mais dado a essas coisas de astrologia, teria investigado, com efeito, a possibilidade de alguma emanação travessa e zombeteira oriunda da Ursa Maior, na qual se transformou o herói por via da feitiçaria dos três pauzinhos de Pauí-Pódole. Um astrólogo-mitólogo experiente e aplicado poderia mesmo encontrar matéria de investigação nas conjunções da Ursa Maior com Centauro, cuja estrela Beta é a encarnação astral da bela e ardente Ci, a Mãe do Mato, a icamiaba-amazona, maior paixão do herói em suas primeiras estripulias amorosas. De repente, saudades e arrufos galaxiais, póstumos na terra mas celestialmente eternos, podem refletir-se em implicâncias e malvadezas em nosso modesto nível planetário. Seria ocupação bem ao gosto traquinas do tapanhuma arreliento, sem molecagens outras que praticar e decerto desditoso e ciumento nos vastos espaços siderais, maquinando que Ci estará "lá no campo do céu banzando nuns trinques toda enfeitada passeando brincando quem sabe com quem [...]".

A ser procedente a suspeita, especulava que, para combater nossos estorvos nos confins brasileiro-venezuelanos, seria o caso de recorrer-se, em apoio da diplomacia, aos préstimos esconjuratórios dos pajés fronteiriços, aos feitiços autóctones de taulipangues e arecunas, as tribos de onde, em primeira instância, nos veio Macunaíma. Diante da seca inédita em Roraima, em 1997-98, indagaria também se, a provocá-la — e ao fogo devastador —, estaria não o mal-afamado El Niño, mas sim o herói sem nenhum caráter. Dessa hipótese não deixa de ser sintoma intrigante o fato de que a chuva redentora veio imediatamente depois de uma singela pajelança — remédio para mandinga de índio, não para caprichos meteorológicos. Boa providência, a da Funai[2], de levar os feiticeiros txucarramães do Brasil Central para Boa Vista; afinal, como o santo, o pajé de casa não faz milagre. Se não funcionasse, o ritual importado, única alternativa seria esperar passivamente pela chuva, torcendo com paciência para que o herói logo se cansasse e renunciasse espontaneamente a seus despachos, com aquela frase-gesto taxativa, tão a nosso jeito:

2 Fundação Nacional do Índio (N. do E.).

— Ai! que preguiça!...

O magno incêndio de Roraima lembra, aliás, esta lenda impressionante, narrada a Koch-Grünberg, em 1913, pelo taulipangue Mayuluaipu[3]:

> "[...] quando tudo estava seco, chegou um grande fogo. Toda a caça entrou dentro da terra por um buraco. Não se sabe onde está esse buraco. Tudo se queimou, os homens, as serras, as pedras. Os rios secaram. Macunaíma fez homens novos de cera. Mas estes se derreteram por completo ao sol. Então se pôs a fazer bonecos de barro. Estes se tornaram cada vez mais duros ao sol. Logo os converteu em homens."

Versão taulipangue da gênese, com ninguém menos que Macunaíma (aquele sem nenhum caráter) como o grande criador — a partir do barro!

3 *Del Roraima al Orinoco*, edição de 1979.

GUIMARÃES, NOME ALEMÃO

No *Solo de clarineta*, Érico Veríssimo fala de sua surpresa ao descobrir, de passagem por Guimarães, que esse nome é de origem germânica. Senti-me pessoalmente afetado pela inesperada coincidência. Afinal, que nome mais genuinamente português do que Guimarães, vinculado à cidade-berço da nacionalidade lusitana?

Como o próprio Veríssimo recorda, contudo, boa parte das palavras que começam por *gu-*, em português e outras línguas latinas, vêm do *w-* do antigo germânico (guerra: *wehr*; guarda: *warte;* Guilherme: *Wilhelm*); com o tempo, também me lembrei que o patronímico de Guimarães é "vimaranense" ("Vimaranes" foi o primeiro nome da cidade). Por algum mecanismo similar, pensei ainda, tantos hispano-americanos pronunciam "gWashington" a capital dos Estados Unidos. Em casa de um advogado em Frankfurt, vi, por outro lado, numa velha gravura de Colônia, Westfalia grafada "Guestphalia".

Em missão à Alemanha, nos anos 1977-78, consultei a respeito os tradutores de nossa Embaixada em Bonn. Eles descobriram que na Alemanha há um toponímico equivalente e igualmente ilustre: a encantadora Weimar de Goethe e Schiller, da aurora do Bauhaus e da bem-intencionada e fugaz República. As duas cidades nasceram na mesma época (na virada do primeiro milênio). A palavra germânica seria composta de *wei-*, junto a, próximo de, talvez o *bei-* do alemão moderno, e *-mar*, brejo, pântano (essa raiz germânica poderia ter originado o *marsch* do alemão atual, o *marsh* do inglês, o *marais* do francês, e, no português, pelo francês, o "marasmo"!). Outra versão possível para Weimar: *weiter*, grande, extenso, e *moor*, lamaçal, banhado.

Não obstante o ilustre vínculo com Weimar, cidade muito querida e admirada na própria Alemanha[4], meu pai não se conformou com aquelas depreciativas fontes pantanosas e saiu em busca de origem mais condigna para o nome familiar. Não sei onde, encontrou que Guimarães viera, sim, do alemão — e possivelmente de Weimar —, mas teria significado mais nobre: o *gui-* se originaria de *wihr* ou *wehr* (guerra, defesa, fortificação), e o *-marães* de *mahrs* (égua). No total, égua de guerra.

Essa etimologia equina e bélica se manteve por pouco tempo oficial na família — até que eu me lembrasse de que a equivalência a Weimar nos aproximava, os Guimarães, ao nome de uma raça de cachorros, os *weimaraner*, conhecida por seu pelo cinza prateado e seus melancólicos olhos de cor âmbar. Meu pai passou a negar todo laço zoológico com a família — equino ou canino —, e não voltou mais ao assunto.

Há pouco tempo, encantado com a riqueza e a qualidade do *Houaiss* eletrônico, fui ver como definia vimaranense. Encontrei o sabido, que o vocábulo se refere a

4 Guimarães, por sinal, não fica atrás como associação honrosa para o nome familiar — singular em Portugal pela importância nas origens nacionais, por sua densidade histórica, quase palpável, e uma admirável consistência urbana e arquitetônica. Uma cidade genuína, autêntica, com caráter. Weimar e Guimarães poderiam ser visitas agradáveis e inspiradoras para os guimarães brasileiros em viagem à Europa — uma peregrinação etimológica a que poucos sobrenomes darão direito.

Guimarães ou o que é seu natural ou habitante. Já na etimologia aparece como proveniente de Guimarães, do germânico — pelo gótico *weig*, luta, ou *weihs*, santo, e *mahrs*, cavalo —, "documentado como Vimara, ou Guimara, cavaleiro combatente". Primeira datação histórica no ano 922 (justamente quando as duas cidades estavam nascendo!).

À luz esclarecedora do *Houaiss*, a versão equina divulgada por meu pai parece impor-se, embora no masculino e humanizada — domada pelo ginete. Resta agora saber se meus xarás de sobrenome preferirão o cavalo ou o cavaleiro, o santo ou o guerreiro. Entre a cruz e a espada, eu prefiro o *weimaraner*[5].

O cônsul português em Frankfurt surpreendeu-se quando lhe falei a respeito das origens alemãs de Guimarães. E lamentou: havia apenas dois anos patrocinara uma "geminação" da cidade na Alemanha, não com a contemporânea de nascença, histórica e milenar, mas sim com uma postiça Kaiserslautern, na Renânia-Palatinado.

5 A loja de lembranças da famosa Biblioteca Ana Amália, em Weimar, vende uma série de bonitos marcadores de livros inspirada em personalidades ilustres da cidade: a própria grã-duquesa Ana Amália, Goethe, Schiller, Liszt e também, para minha surpresa, *der Weimaraner.* No topo do marcador, bela imagem, recortada, da cabeça do fidalgo cachorro. No texto, a explicação de que o animal foi desenvolvido no século XVIII para o grão-duque Carlos Augusto (o grande mecenas de Goethe) e a corte de Weimar, mediante sucessivos cruzamentos de cães *bloodhound* e de caça. Ali também se assinala que o nome da raça foi usado pela primeira vez em fins do século XIX, mas ao pé do marcador aparece uma citação muito anterior, de Goethe, de qualificação cosmopolita que o poeta aplicara a si próprio e aos moradores de Weimar, na época, uma espécie de Atenas cultural do mundo germânico: "Ich bin ein Weltbewohner, bin Weimaraner". Em outras palavras: "Eu sou um cidadão do mundo, sou weimaraner". Estranho.

A PRIMEIRA CARTA NÃO FOI DE CAMINHA

Quem escreveu a primeira carta sobre o Brasil, expediu a "certidão do nascimento" do novo país? Pero Vaz de Caminha? Não. Mensagem datada de 28 de abril de 1500 foi redigida e enviada ao rei d. Manuel I por Johannes Varnhagen, o alemão conhecido como mestre João, astrônomo, assessor científico e médico da frota de Cabral. A carta de Pero Vaz é datada de 1º de maio.

O nome Brasil? Dentre muitas hipóteses ressalta a origem germânica do verbo *brasen* (queimar, pôr em brasa, tornar-se vermelho), por meio do vocábulo *brasa* do português.

Primeiro inconfidente? Em 1685, mais de século antes de Tiradentes, Manuel Bequimão (Emanuel Beckman, filho de Franz Beckman, de Bamberg) foi enforcado, no Maranhão, depois de anos de rebelião aberta contra a Coroa portuguesa. Em 1684 chegara a tomar como prisioneiros a guarda e o governador de Belém.

Primeiro livro de viajante estrangeiro no Brasil? *A verdadeira história...*, de Hans Staden, alemão de Homberg.

Bandeirantes? Foi o alemão Wilhelm Jos ten Glimmer quem organizou a primeira grande expedição para Minas Gerais, em 1601, na qual se notabilizou Pedro Taques (aliás Tack, filho de Franz Tack de Brabant).

Ainda no século XVI, Johann von Hülsen construiria em São Vicente o primeiro moinho para refino de açúcar, movido à água, da nova Colônia.

Nassau não é holandês, como se acredita no Brasil e na Europa — mesmo na Alemanha. Ele esteve no Brasil sob contrato da Companhia das Índias mas era alemão de fina cepa[6].

Também alemão era o comandante militar da ocupação holandesa, Sigmund von Schkoppe, natural da Silésia.

O primeiro naturalista brasileiro? Georg Markgraf (ou Margrave), de Liebstadt, cuja *Historia naturalis* descreveu 699 espécies da flora e da fauna brasileiras. Primeiro estudioso de doenças tropicais e das propriedades curativas das plantas nativas? Wilhelm Pies (ou Piso). Ambos, Markgraf e Pies, estiveram no Brasil por conta de Nassau.

Primeiro navio de guerra brasileiro? Uma fragata equipada com trinta canhões construída em 1668, no Maranhão, por Kasper Werneck.

6 Por alguma razão João Maurício se chamava von Nassau-Siegen-Dillenburg: Nassau do antigo Ducado, que se estendia do Palatinado à Westfália, nos dois lados alemães do Reno, que vários ramos de sua família dominaram desde o século XII; Siegen, o lugar, na atual Renânia-Palatinado, onde estudou e são conservados seus restos mortais; Dillenburg, em Hessen, do castelo familiar em que nasceu, em 1604, bem próximo a Frankfurt. O Nassau brasileiro deixou uma imagem de inteligência política e habilidade administrativa, fidalga tolerância religiosa e empenhado interesse pelas artes e ciências. Mais de lamentar, por isso, que seu sobrenome principal tenha uma conotação pejorativa no idioma alemão: *Nassauer* designa quem vive à custa de outrem. Mas a origem do vocábulo é generosa e nobre, além de curiosa. No século XIX, o príncipe de Nassau dava bolsas aos melhores estudantes em suas terras, a fim de que fossem estudar na Universidade de Gottingen. Tais bolsas incluíam um farto almoço diário para seus titulares, o qual também atraía gente sem bolsa, de bolso e estômago vazios. Os penetras passaram a ser chamados *Nassauer* e o emprego do vocábulo se generalizou na língua para designar o *parasita*.

Os Holanda do Nordeste vêm de Arnual von Holland, natural de Utrecht, nos atuais Países Baixos, mas filho do barão von Rheinburg e de uma irmã do papa alemão Adriano VI. Os Lins descendem de Sebald Lins, natural de Ulm, nas margens do Danúbio.

Tudo isso, e muito mais, consta de preciosa brochura bilíngue publicada em 2001 pela Câmara de Comércio e Indústria Brasil-Alemanha de São Paulo, *A história alemã do Brasil* (*Die deutsche Gerichte Brasiliens*). A linguagem não é provocativa, rompe-clichês, como é, intencionalmente, a dos parágrafos acima. Mas surpreende a intensidade e a assiduidade da presença alemã em nossa história. Poderia pensar-se, do livro, que se trata de uma atrevida apropriação de nosso passado; na verdade, pelo contrário, a publicação nada toma, mas sim expressa uma generosa vontade de pertencer e participar, "ao revelar o trabalho desses homens e mulheres que para cá vieram e adotaram o país como sua nova Pátria". O conceito de "alemão" do livro tem "sentido étnico-cultural e linguístico", "não-político", compreendendo a contribuição de "indivíduos de origem austríaca, alemães dos Sudetos, alsacianos, luxemburgueses, suíços, alemães-russos e outros, sejam de religião cristã ou judaica, que participaram na construção da Nação brasileira, como também os alemães propriamente ditos".

A abrangência desse critério justifica a decisiva presença alemã também em nossa Independência, na pessoa da "Arquiduquesa austríaca Leopoldina von Habsburg, a terceira filha do Imperador Franz I da Áustria e ao mesmo tempo Franz II da Alemanha, confiada como esposa ao Príncipe Dom Pedro, da casa de Bragança e Bourbon por recomendação do Congresso de Viena, em 1817."

Ao perceber que a ruptura com Portugal era iminente, "Leopoldina, representando o Regente, que se ausentara para uma viagem a São Paulo, convocou a 2 de setembro o Conselho de Estado, que decidiu pela imediata separação de Portugal." Dessa decisão o príncipe seria informado por um ofício, mas "numa carta pessoal que o acompanhava, Leopoldina toca nos pontos fracos do marido, como estratagema para exaltar seus sentimentos e fazê-lo tomar uma decisão positiva. Fala das humilhações a que os pais dele foram submetidos pelo parlamento português e que seriam repetidas com ele. Falou também da glória que significaria para ele ser o fundador de um grande Império."

O príncipe recebeu ambas as mensagens em 7 de setembro, nas colinas do Ipiranga. "Após tomar conhecimento de seu conteúdo, amassou-as e avançou, sublimemente irado, à frente do esquadrão. Ali ele exclamou, de espada desembainhada, as palavras que ficariam na história brasileira para sempre: "Independência ou Morte!".

A quem devemos, nós, brasileiros, a Independência?

De lembrar a origem austro-alemã do filho Pedro II, "com traços que se assemelhavam aos da mãe [...] loiro, olhos azuis, alto, com propensão para a ocupação intelectual e costumes austeros", na descrição aqui um tanto preconceituosa do livro. Não deixa de causar sobressalto, aliás, ler o título imperial na tradução alemã, onde nosso monarca vira Kaiser Peter II. As origens germânicas do Kaiser não impediram, contudo, que o brasão da República (a *brasilianische Bundesrepublik*) fosse idealizado também por um alemão, Arthur Sauer, gerente da Editora Lämmert, no Rio e amigo do Marechal Deodoro.

Episódios e recordações como esses abundam no livro, até os dias atuais. Alguns serão questionáveis, ou qualificáveis, mas na essência traduzem uma participação alemã genuína em nossa história, e muito mais frequente e importante do que se imagina correntemente.

Mais controvertido, em tudo, será talvez esta audaciosa afirmação sobre o venerado Arthur Friedenreich, "[...] de São Paulo, filho de pai alemão e mãe mulata, [...] a FIFA[7] o reconhece como o maior atacante de todos os tempos; [...] marcou 1.329 gols registrados pela Federação, acima do 'rei' Pelé, Edson Arantes do Nascimento"[8].

7 Fédération Internationale de Football Association — Federação Internacional das Associações de Futebol (N. do E.).

8 A brochura recorda que Friedenreich iniciou sua carreira no Sport Club Germania, atual Esporte Clube Pinheiros, de São Paulo, cuja bandeira lembra até hoje a do Hamburguer Sport-Verein (HSV), de Hamburgo, a cidade de seu fundador, o imigrante alemão Hans Nobiling. Durante a guerra, o clube mudou de nome, mas não de cores.

CACHAÇA NO NASCIMENTO DA AUSTRÁLIA

São praticamente desconhecidos os laços de Arthur Phillip, o fundador da nação australiana, com o Brasil colonial, bem como o fato, surpreendente, de o Brasil ter sido o primeiro país a exportar para a Austrália. Tampouco se sabe que o item principal daquela precoce relação de comércio foi a cachaça, presumivelmente fluminense — a qual teve presença relevante e amplamente documentada no próprio nascimento do novo país.

Eu mesmo só tive prenúncio desses vínculos quando me preparava para assumir a Embaixada em Camberra, ao ler, em Montevidéu, *The Fatal Shore*, erudita e comovente epopeia da *transportation* de *convicts* britânicos para o novo continente, de autoria de Robert Hughes, respeitado ensaísta australiano e também, por muitos anos, o editor de arte do *Time Magazine*.

Posteriormente, ainda no Uruguai, d. Martha Sanguinetti, esposa do presidente e arguta historiadora, chamaria minha atenção para o papel de Phillip em Colônia do Sacramento, presenteando-me com esplêndida e esclarecedora biografia do fundador, *Arthur Phillip, 1738-1814: His Voyaging*, de Alan Frost, cuja capa, de per si significativa, traz reprodução em cores da bela tela *Pesca da baleia na Baía de Guanabara*, de Leandro Joaquim, hoje no Museu Nacional de Belas Artes, no Rio.

O capitão Arthur Phillip foi o comandante da Primeira Frota (First Fleet), que inaugurou a *transportation* de degredados para a Austrália. Foi igualmente o primeiro "capitão-geral e governador em chefe" da nova Colônia, onde permaneceu da chegada a Botany Bay e Sidney, em janeiro de 1788, até dezembro de 1792, quando "partiu para mar alto na firme segurança de que era querido e respeitado por todos no lugar, e de que Sua Majestade estava feliz em aprovar sua conduta na execução das árduas e importantes tarefas que lhe haviam sido atribuídas" — na avaliação admirada e respeitosa de Manning Clark, historiador australiano.

Antes, devidamente autorizado pelo almirantado inglês, Arthur Phillip servira na Marinha portuguesa durante quatro anos, de 1774 a 1778. Nessa condição, esteve envolvido nos combates em torno de Colônia do Sacramento, cuja guarnição naval luso-brasileira comandou em diversos períodos em 1775 e 1776. No Prata e também em escaramuças ao largo da Ilha de Santa Catarina, granjeou assinalado respeito no governo luso-brasileiro, por suas virtudes humanas e militares. Num relatório a Lisboa, o então vice-rei do Brasil, barão do Lavradio, de quem se fez amigo, dele diz que era um oficial "de educação e princípio", capaz de aceitar as razões alheias "sem aqueles insuportáveis excessos de temperamento de seus compatriotas", um militar franco, sincero e "muito valente".

Em carta a Pombal, Lavradio também diz, sobre a atuação de Phillip na Colônia, que apenas com uma improvisada fragata havia obrigado os espanhóis a respeitarem a fortificação, "como era devido". Há também registro de carta sua ao compatriota McDouall, que comandava a esquadra portuguesa com base em Santa Catarina, mensagem na qual insistia dramaticamente para que se desse combate à grande esquadra espanhola que avançava sobre a ilha, em 1777, "implorando-lhe, para bem de sua própria honra, e a da Nação [inglesa], não renunciar ao ataque". McDouall se retiraria no entanto para o Rio de Janeiro, para grande irritação de Lavradio, deixando desprotegidos Santa Catarina, o Rio Grande do Sul e Colônia. Ao lado dos inegáveis serviços que prestou a Portugal, e ao Brasil, é muito provável que Phillip tenha também furtivamente servido a seu país, tirando partido da comissão portuguesa para levantar informações sobre a costa brasileira e do Prata — e mesmo sobre atividades econômicas estratégicas no interior do continente, como a da produção de diamantes e ouro no Distrito das Minas (sobre o qual existiria uma memória alegadamente de sua autoria, ilustrada por aquarelas com "Views of the diamond works [...] taken on the spot").

Em Lisboa, Phillip era tido também em alta conta. O embaixador inglês informaria Londres de que "A Corte portuguesa está extremamente satisfeita com o desempenho deste cavalheiro, [...] ele serviu nos Brasis com grande zelo e honra". A soberana portuguesa, Maria I, chegou a interferir com empenho a favor de Phillip na Corte de St. James, para que ele fosse promovido na Royal Navy, o que ocorreria em 1779, um ano após haver deixado o serviço de Portugal.

Há indicações de que para sua designação como comandante da Primeira Esquadra teria contribuído a circunstância — citada na imprensa inglesa da época, mas não comprovada — de que comandara navio português que transportou para o Prata, sem qualquer perda de vida (uma façanha notável para a época), quatrocentos degredados lusos, aos quais teria, no destino, concedido liberdade e "pequenas parcelas de terra, naquele delicioso lugar"[9]. Foi igualmente comandante do presídio da Colônia, com ideias inovadoras para a época, em termos de tratamento e regeneração de detentos. Também há evidências de que poderia ter estado ao lado de Nepean, na administração Pitt, durante as duas rodadas de negociações que Londres empreendeu com os portugueses, em 1782 e 1784, para tentar obter que o Brasil substituísse as colônias perdidas na América do Norte como lugar de exílio para os *convicts* que abarrotavam as prisões inglesas. Não tivessem resistido, os portugueses, teria sido outra, com certeza, a história do Brasil e da Austrália[10] — ao cabo escolhida, em última instância, como escoadouro dos excedentes carcerários ingleses e para tanto adrede "descoberta" por Cook alguns anos antes.

Antes de Cook, portugueses, espanhóis, holandeses e franceses haviam estado ali. Mas não se teriam interessado pela ocupação, justificada para os ingleses pela necessidade de encontrar espaço para seus multitudinários contingentes de *convicts*. Timor Leste, onde Portugal se estabelecera três séculos antes, está a pouco mais de quatrocentos quilômetros do litoral norte-ocidental australiano, distância mínima para seus inquietos navegadores.

9 *The St. James Chronicle*, 2 fev. 1787.

10 Essa história também poderia ter sido assaz diferente não fora Tordesilhas. Ao convencerem os espanhóis, em 1494, a mudarem de cem para 370 léguas a leste de Cabo Verde a linha que dividiria entre as duas nações o mundo a descobrir. Portugal ganhou o Leste do Brasil (cuja existência provavelmente já conhecia), mas perdeu o Leste da Austrália (continente que àquela altura possivelmente apenas presumia). De um sítio de portugueses australianos na *web*: "O cobertor era curto: recuando o Meridiano de Tordesilhas, os patrícios incluíram o Brasil, mas terminaram excluindo a Austrália, ora pois."

Não por menos já foram encontrados canhões com brasões manuelinos em praias recônditas daquela costa e há notícia de que os ingleses toparam, ao primeiro contato, com aborígenes conhecedores de palavras do português no litoral do Northern Territory. Cristóvão de Mendonça teria mesmo percorrido, em 1522, a mais distante costa sul-oriental, com quatro naus, em missão mantida secreta pelos portugueses, pois a área cabia ali aos espanhóis, de acordo com o acertado em Tordesilhas.

Tão conscientes eram os ingleses dos antecedentes portugueses que Phillip, ao constituir oficialmente a nova colônia, só reivindicou para sua Coroa a metade oriental do continente australiano, em respeito aos direitos de seus aliados à porção a oeste do meridiano 135, em função do peculiar acordo de quatro séculos antes. Em 1825, para abrigar o novo núcleo de povoamento de Melville Island, a Colônia empurraria seus limites até o meridiano 129, mas ainda atentando para os títulos portugueses a oeste. Mais tarde, aquela parte remanescente do continente australiano seria incorporada ao país como o estado de Western Austrália — uma unidade política contemporânea, de passado inglês, cuja linha de fronteira deriva ainda — incrível — de Tordesilhas! Senador de Western Austrália, descendente de migrantes portugueses recentes, convidou-me, ainda em 1996, em Perth, a compartilhar com ele o orgulho de estarmos pisando terra descoberta pelos ancestrais lusitanos e a eles por tanto tempo pertencente, embora nunca ocupada.

Phillip planejou sua viagem com escala no Rio de Janeiro, preferindo atravessar duas vezes o Atlântico a seguir a rota mais curta ao longo da costa africana até o Cabo da Boa Esperança. A Primeira Frota ancorou na

Guanabara[11] em princípios de agosto de 1787, depois de uma escala em Tenerife e antes de seguir para a Cidade do Cabo e o destino final, em Botany Bay. Ao contrário do tratamento frio dado anos antes a Cook, Phillip foi recebido no Rio com afeição e honras ("bandeiras ao vento, canhões retumbando"), junto com suas tripulações. O novo vice-rei, Luis de Vasconcellos e Souza, ordenou à guarda do Palácio que lhe prestasse continência formal toda vez que descesse à terra — o que "refletia a consciência de Vasconcellos do quanto sua Nação devia a Phillip"[12].

A Primeira Esquadra permaneceu cinco semanas no Rio, reparando as 11 embarcações da frota, reabastecendo e recuperando a saúde dos detentos, que não deixaram os navios. Do Rio, os *convicts* seguiriam viagem, contudo, "muito mais saudáveis do que quando deixaram Londres", nas próprias palavras de Phillip. As tripulações puderam passear sem vigilância e quaisquer restrições pela cidade, a qual, segundo oficiais da frota, "embora apresentando grandes contrastes entre riqueza e pobreza, também oferecia um abundante sentido de vida". Ademais, para conforto dos inseguros colonizadores a caminho de paragens ignotas, o Rio "mostrava como a colonização europeia podia ter êxito em grande escala".

Antes de partir, a 4 de setembro, Phillip adquiriu e embarcou em seus 11 navios 115 pipas de rum ou *aguardiente* (*sic*), cem sacos de amido de mandioca (*cassava*), em substituição ao trigo; dez mil balas de mosquetão; incontáveis plantas e sementes de frutas, café, cacau, índigo, algodão e exemplares de cochonilha — o inseto. Como

11 Há belas gravuras da esquadra na baía.

12 FROST, op. cit.

muitas das degredadas tivessem os vestidos esfarrapados, comprou grande quantidade de sacos de tapioca, cortou-os nos cantos apropriados e improvisou as vestimentas que "serão usadas de agora em diante para vestir as prisioneiras, muitas das quais estão quase nuas".

A escala de First Fleet na cidade do Cabo não foi tão descontraída. São interessantes as comparações dos oficiais-cronistas da frota, tais como reproduzidas por Frost em sua biografia do fundador: "Embora suficientemente próspera, a Cidade do Cabo não é o Rio de Janeiro; [...] os oficiais acharam que ela 'certamente perde na comparação'." Com efeito, no Cabo não havia "arredores bonitos e pitorescos [...], com uma abundância de flores e arbustos aromáticos os mais luxuriantes, mas antes as intimidantes Table Mountains, em cujas rochas desoladoras escravos renegados se refugiavam". Mais, "aqui não existem festivais exuberantes" (aparentemente, refere-se não a carnaval, mas sim a procissões religiosas), e, "vestidos de negro, os noivos só se casam aos domingos".

Ressalta, igualmente, naquela precoce comparação entre o Rio e o Cabo, que nesta cidade "os escravos se movem nas ruas com temor, não em celebração" ("in fear, not in celebration") — sem dúvida uma bela frase. Na avaliação global, o Rio aparece como uma cidade muito mais avançada, agradável, culturalmente rica e hospitaleira. Se, nas tripulações da frota, "suas almas inglesas foram afrontadas pelo catolicismo tropical do Rio", dessa religiosidade vibrante se lembrariam com saudade ao enfrentarem as agruras do calvinismo holandês. A Cidade do Cabo fazia com que "os britânicos sentissem constantemente a presença da morte", o que contribuiria para significativa "mudança em sua disposição de espírito" no restante da viagem.

Botany Bay, selecionada por Cook para servir de base inicial para a ocupação do continente australiano, não pareceu adequada a Arthur Phillip. As condições do lugar não sugeriam que pudesse ali sobreviver um estabelecimento colonial. Em poucos dias, contudo, Phillip descobriria, poucas milhas ao norte, "o melhor porto do mundo, no qual mil barcos de linha poderiam navegar na mais perfeita segurança". O porto seria denominado Port Jackson, logo depois rebatizado Sidney, em homenagem ao governante britânico.

Guardas e *convicts* desembarcaram e começaram a preparação do terreno para a ocupação planejada. Uma quinzena depois, as primeiras cabanas estavam prontas para abrigar as detentas, cujo desembarque começou a 6 de fevereiro. Os *convicts* imploraram por alguma bebida, a fim de "confraternizarem com as mulheres que deixavam os navios". Robert Hughes assim descreve, em seu sóbrio *The Fatal Shore*, o que se seguiu:

> "[...] à terra baixou o rum, e sem tardar os tripulantes embriagados desembarcaram para se juntarem aos *convicts* na perseguição às mulheres, de tal forma que Bowes (um dos escribas da frota) observou que estava 'além de sua capacidade dar uma descrição precisa das cenas de devassidão e desordem que se sucederam durante a noite' [...]
>
> Era a primeira farra no mato ['bush party'] da Austrália, com muitos xingando, alguns brigando, outros cantando [...].
>
> E com os casais em cio ['rutting'] entre as pedras, as tripas queimando com a áspera aguardente [*sic*] brasileira,

pode-se muito bem dizer que havia começado a história sexual da Austrália colonial ['the sexual history of colonial Australia may fairly be said to have begun']."

Narrativas equivalentes aparecem em diversas obras sobre a época, bem como em testemunhos escritos dos oficiais-cronistas da Primeira Frota.

Mais tarde, houve quem chamasse aquele dia "O Nascimento da Nação" — "The Birth of the Nation" —, evento no qual, como se viu, o Brasil esteve decisivamente presente, com o primeiro produto não-britânico chegado ao novo país — a cachaça, destilada supostamente nos engenhos fluminenses. Produto do qual, por sinal, admite-se a importância mas não a qualidade. Já no Rio alguém anotou que Phillip comprara "provisões de carne, que era excelente, e da 'firewater' local, que não o era". Nem por isso, contudo, a cachaça deixou de ser copiosamente consumida na nova colônia, pois um oficial da frota, Watkin Tench, apenas "muitas ressacas depois" comentaria, "soturnamente" (na avaliação irônica de Hughes): "de que os brasileiros não aprenderam a arte de fabricar um rum palatável, as tropas inglesas na Austrália podem dar bom testemunho."[13]

O conhecimento desses inesperados vínculos não parece machucar a sensibilidade australiana. Se algum dia de fato teve alguma relevância, parece vir-se esgarçando o preconceito da Austrália com respeito às próprias origens. Durante toda a *transportation*, os degredados não passaram de 159 mil britânicos, enquanto as migrações

13 *Watkin Tench's 1788*: A Narrative of the Expedition to Botany Bay and Complete Account of the Settlement at Port Jackson.

posteriores levaram para aquele país milhões de pessoas de 140 nações, que compõem uma população celebradamente multiétnica e multicultural. De qualquer maneira, em defesa da mais ampla divulgação daqueles laços históricos, há que ter presente as afinidades na matéria entre a Austrália e o Brasil, ilustradas pelo que se menciona acima, quanto a que Arthur Phillip teria começado sua experiência de *transportation* com degredados portugueses para terras então luso-brasileiras. Nós também tivemos *convicts* nas origens — e nem por isso nos sentimos menos orgulhosos de nosso passado.

Na verdade, a referência à presença de nossa cachaça no nascimento da nação australiana causa ali o alvoroço bem-humorado de um *trivia* inesperado — e nenhum constrangimento.

Ante a comprovada importância da cachaça nos primórdios da colonização, houve quem sugerisse, contudo, em tom de joça, indireta responsabilidade do Brasil no único golpe militar da história australiana. Com efeito, o álcool (um "anestésico social", nas palavras de Hughes) se tornaria rapidamente a mercadoria mais valiosa na nova colônia, chegando a circular ali como moeda corrente, à falta de numerário vindo da Metrópole. De seu proveitoso comércio prontamente se apoderaram os oficiais-carcereiros — incorporados num inescrupuloso Rum Corps. Quando o governador William Bligh tentou quebrar o monopólio, foi deposto, em 1808, encarcerado e deportado pelos militares para a Van Diemen's Land (atual Tasmânia), no que a história chamou de Rum War, ou Rum Rebellion.

A termos culpa nesse motim, contudo, estaríamos em extensa companhia. Não obstante sucessivas frotas empregadas na *transportation* seguirem o bem-sucedido exemplo da inaugural, e passarem pelo Rio, embarcando invariavelmente a lucrativa *aguardiente*, o móvel da Rum Rebellion era de largo espectro, pois nas décadas seguintes à fundação da colônia, "rum" passou a ser "uma palavra que definia espíritos de todas as espécies — *arrack*, *aguardiente*, *poteen*, *moonshine* — mas que indicava, especialmente, álcool importado de Bengala". Há registro, por outro lado, de que a maior carga chegou à nova colônia a bordo de navio mercante das províncias norte-americanas emancipadas. Já em 1793, com efeito, o *Hope* trouxe a Sidney nada menos que 7.500 galões da bebida.

Em encontro na Fiesp[14], em 1999, um ministro australiano mencionou o fato de que a Casa da Moeda brasileira iria incorporar experiência australiana para a impressão de cédulas em plástico. Em favor do equilíbrio das relações bilaterais, e lembrado do emprego monetário da cachaça nos primórdios da colônia, achei oportuno recordar que tal aporte tecnológico seria como parte de uma retribuição histórica da Austrália, uma vez que seu primeiro meio circulante fora emitido nos alambiques dos engenhos de cana-de-açúcar do estado do Rio de Janeiro.

14 Federação das Indústrias do Estado de São Paulo (N. do E.).

II AFINIDADES INSUSPEITADAS

O HINO NACIONAL É PLÁGIO?

A 20 de julho de 2002, véspera da partida Brasil-Inglaterra pela Copa do Mundo de Japão-Coreia, *The Guardian*, o respeitado jornal londrino, publicou este inesperado artigo[15], empolgante para qualquer brasileiro:

> "Procure estar à frente da televisão às 7h20 horas amanhã, a fim de desfrutar de mais uma contribuição do Brasil para a felicidade humana. Com a França eliminada, o Brasil tem o melhor *Hino Nacional* da Copa do Mundo de 2002. Primeiramente escrito por Francisco da Silva, em 1841, pode-se sustentar que o *Hino Nacional* é o mais jovial, alegre, melodioso e fascinante ['jauntiest, cheeriest, most tuneful and most beguiling'] *Hino Nacional* do planeta. Até parece que ele vem diretamente do Teatro da Ópera, e a influência de Rossini é difícil de ser ignorada, embora os entendidos pensem agora que Da Silva pode ter copiado a melodia de uma obra religiosa de seu professor, José Nunes Garcia. Dentre os admiradores do *Hino* se encontra o compositor *creole* Louis Moreau Gottschalk, que escreveu um conjunto de variações para piano e orquestra que vale bem a pena ouvir.
>
> No seu livro *Futebol: The Brazilian Way of Life*, nosso correspondente para a América do Sul, Alex Bellos, explica como o inglês Charles Miller trouxe o futebol ao Brasil

15 Livre tradução do autor.

pela primeira vez. Mas quando Miller chegou ao porto de Santos em 1894, o *Hino Nacional* já havia por muito tempo expresso em música o que Pelé e seus sucessores mais tarde expressaram tão maravilhosamente no campo de futebol. Enquanto a Marselhesa faz apelos belicosos às armas, o *Hino Nacional* exalta os sentimentos nacionais pelo apelo ao céu puro e belo ['pure beauteous skies'], ao som do mar e às flores de seus risonhos, lindos campos ['fair smiling fields'] um cenário apropriado para o futebol bonito ['the beautiful game'].

Quando Rivaldo e Ronaldo marcaram outros dois gols na Bélgica, segunda-feira, determinando assim a quarta de final de amanhã contra a Inglaterra, o *London Evening Standard* abriu suas últimas edições do dia com uma enorme manchete de uma palavra só: 'BRAZIL!' Que homenagem! É difícil imaginar qualquer outro país cujo nome poderia ser usado dessa maneira e com tanta confiança, na certeza de que os leitores reagiriam com prazer e excitação. Se a Inglaterra fosse jogar contra a Argentina, a Alemanha, a França ou a Itália amanhã, a expectativa estaria misturada com medo. Jogar contra o Brasil é simplesmente um deleite ['delight'] e uma distinção ['honour']."

Essa inesperada avaliação não foi suficientemente difundida na imprensa brasileira da época, em toda a sua dimensão musical, futebolística e cultural. Por isso se justifica a longa citação — também cabível porque não é sempre que se lê texto tão elegante com respeito ao adversário, ou que dê tanto prazer ao leitor brasileiro (na verdade, caberia bem em qualquer antologia de nosso ufanismo). Também vale, a transcrição, pelo contraste de paz e guerra com a Marselhesa e a exaltação, surpreendente — e pertinente! —, de versos da letra do *Hino* que estamos acostumados a desmerecer como ridiculamente líricos e acomodados. Chama atenção ainda, no artigo, sua menção a influências rossinianas e à tese, moderna, de que o *Hino* deriva de peça do Padre José Maurício Nunes Garcia.

Havia ouvido falar, vagamente, da possível influência de Rossini em nosso *Hino Nacional*, mas não sabia da contribuição de Nunes Garcia referida por *The Guardian*. Foi depois de ler aquele artigo que topei com umas belas "Lições" do *Método de pianoforte* de sua autoria e, numa delas, pasmo, alertado pelo ouvido sensível de minha mulher (alemã!), com a essência melódica do *Hino Nacional Brasileiro*. A semelhança é extraordinária e, no mínimo, intrigante.

A julgar por meus insuficientes conhecimentos e pela escassa bibliografia a que tenho imediatamente acesso:

> i) Nunes Garcia aproveitou temas alheios para suporte de suas Lições, Fantasias e Variações, "nas quais utiliza motivos de Haydn, Mozart, Rossini, e mesmo do Hino Nacional Brasileiro", segundo a *Enciclopédia da Música Brasileira* (E.M.B.), editada pela Publifolha. O procedimento desses exercícios sobre matéria anterior é corriqueiro e legítimo — quem não conhece a *Rapsódia sobre um tema de Paganini*, de Rachmaninoff? E na "Lição para pianoforte" de que se trata, Nunes Garcia se teria inspirado na Abertura d' *O barbeiro de Sevilha*, de Rossini;
>
> ii) a primeira versão do *Hino Nacional Brasileiro* foi composta a propósito da abdicação de d. Pedro I, em 1831, e teria sido apresentada a 14 de abril daquele ano no

Teatro São Pedro de Alcântara, por ocasião da partida da família imperial. Segundo a cautelosa atribuição da *Enciclopédia das Folhas*, era "provavelmente" de autoria de Francisco Manuel;

iii) o que veio antes: o *Hino* ou a Lição? O Padre José Maurício faleceu em abril de 1830; não poderia ter inspirado seu exercício para piano em obra póstuma a si próprio;

iv) Francisco Manuel da Silva foi aluno do Padre, tendo começado "a estudar [teoria e solfejo] ainda menino, no curso livre que este mantinha na rua das Marrecas, no Rio de Janeiro" (E.M.B.);

v) ouvira algumas vezes a Abertura d' *O barbeiro de Sevilha*, sem jamais atinar com uma relação com nosso *Hino*; detectei uma nítida relação, contudo, e de imediato, na primeira vez em que escutei a Lição de Nunes Garcia. Não há vínculo assim tão óbvio, ao menos para o leigo, entre a Abertura de Rossini e o *Hino* de Francisco Manuel da Silva, embora os haja, em aparência, entre a Abertura e a "Lição para pianoforte". E os laços entre o *Hino Nacional* e a Lição são nítidos, evidentes. *Ergo*, nesse silogismo histórico-musical, a inspiração de Francisco Manuel deve ter vindo dos exercícios do mestre, mais precisamente daquilo que este acrescentou ao tema de Rossini, cuja influência no *Hino* seria, assim, por via autóctone;

vi) o tema está ainda inconcluso, porém, para mim. Num sarau de música clássica em minha casa em Frankfurt, apresentei aos convidados a *Grande Fantasia Triunfal sobre o Hino Nacional Brasileiro*, de Gottschalk (que menciono abaixo). Ao final, aproveitei para testar a hipótese da influência rossiniana, oferecendo um CD da Osesp[16] como prêmio a quem pudesse identificar alguma semelhança entre a estrutura melódica do *Hino* e alguma peça do repertório operístico italiano. Tive que dar dois CDs! Pronta e simultaneamente, dois dos convidados levantaram a mão e gritaram: "*O barbeiro de Sevilha*!". Eram os cônsules-gerais da Itália e da Espanha. Intrigante.

Na dúvida, só ouvindo. Da Lição de Nunes Garcia (Segunda Parte, Lição V, *allegretto*), existe a gravação, por sinal esplêndida, de Ricardo Kanji, regendo a orquestra e o coro Vox Brasiliensis. Essa gravação pode ser encontrada no CD nº II da edição, e, neste, na faixa 35. Não custa nada, também, ouvir, depois da emblemática Lição, a brilhante Abertura em Ré da faixa seguinte. Também, na faixa 37, a Abertura "Zemira" merece atenção — como, de resto, toda a bela coletânea de Kanji e da Vox Brasiliensis.

As vicissitudes históricas do *Hino* são conhecidas. Depois da apresentação nas despedidas de Pedro I, foi tocado na coroação de d. Pedro II, em 1841, e desde então seguidamente interpretado, ainda sem letra, em atos civis e militares. Proclamada a República, esta se apressou em demolir e substituir as instituições remanescentes do Império, e abriu concurso público para hino nacional consentâneo ao novo regime. O vencedor foi Leopoldo Miguez. Deu-se então, contudo, no próprio Teatro Lírico do Rio, onde se realizava a final do certame, o famoso "Prefiro o velho!" do Marechal Deodoro,

16 Orquestra Sinfônica do Estado de São Paulo (N. do E.).

que logo assinou decreto que estipulava que se manteria na República, como hino oficial, a composição imperial de Francisco Manuel da Silva. Para isso não terá contribuído apenas o gosto musical de Deodoro, mas também calorosas manifestações populares em favor do antigo hino. A letra só seria escrita em 1909, por Joaquim Osório Duque Estrada. À guisa de prêmio de consolação, o hino vencedor de Leopoldo Miguez, que ganhou mas não levou, virou o *Hino da Proclamação da República*, que podemos ouvir até hoje, bonito e correto[17]. Uma solução tão brasileira...

O *Hino* tem uma variante famosa: a belíssima *Grande Fantasia Triunfal sobre o Hino Nacional Brasileiro*, de Louis Moreau Gottschalk, músico americano, de Nova Orleans (origem que justifica o *creole* da qualificação do *The Guardian*). Filho de francesa e austríaco, parece ter-se revelado um extraordinário intérprete ao piano, a ponto de haver sido comparado ao contemporâneo Chopin, que o elogiara após uma apresentação na Salle Pleyel, em Paris. Andou por Guadalupe, Cuba e vários países sul-americanos. Teresa Carreño, a pianista venezuelana que deu o nome ao magnífico teatro de Caracas, dedicou a ele seu primeiro concerto nos Estados Unidos, em Baltimore. Em viagens ao Prata, Gottschalk teria composto um *pot-pourri* dos Hinos brasileiro, argentino

17 A meu juízo, sua música não desmereceria como *Hino Nacional*. Como, de resto, não destoaria a primeira a que foi aplicado esse título, o *Hino da Independência*, de autoria do próprio Pedro I. Duas peças também empolgantes, que fariam boa figura em qualquer Copa do Mundo do *The Guardian*. Ouçam a versão da Osesp, com Neschling à frente. Hino não é coisa que nos falte.

e uruguaio[18]. Gottschalk deu numerosos concertos no Rio, em São Paulo e em Santos. Atacado pela febre tifoide, faleceria no Rio, em 1869.

A *Grande Fantasia Triunfal* foi estreada num megaconcerto, no Rio, com mais de seiscentos executantes, de orquestra e banda, incluindo cem instrumentos de percussão e uma peça de artilharia. O êxito foi imenso. Nem por isso, contudo, a Fantasia se impôs; durante muitos anos sua execução era desestimulada, mesmo vedada, pelas autoridades militares, uma vez que dissonava do decidido por Deodoro em 1890, corrompendo — alegadamente — um símbolo nacional sacramentado pela lei. Guiomar Novaes, intocável (como constrangê-la depois de o poderoso *New York Times* ter proclamado que "nem toda geração pode ouvir uma pianista como Guiomar Novaes"?), costumava tocá-lo — espertamente ao final de suas apresentações, com o que granjeava aplausos cívicos, patrióticos, adicionais aos que normalmente já mereceria por sua insigne arte. Dele há hoje inúmeras interpretações ao piano, gravadas em CD, como as de Cristina Ortiz (com a Royal Philarmonic Orchestra, de Londres), de Arthur Moreira Lima, de Miguel Proença e — claro — de Guiomar Novaes.

O *Hino* pode lembrar obras anteriores, brasileiras ou de alhures, mas de que é uma maravilha, ninguém duvida. Só nós mesmos, quem sabe?

18 O saudoso maestro Davi Machado assegurou-me ter visto a respectiva partitura no Arquivo Nacional. Não teve tempo para recuperar a obra, como chegara a prometer-me. Com um acréscimo paraguaio, poderia vir a ser o Hino do Mercosul — de autoria de um músico norte-americano falecido um século antes!

O TANGO É BRASILEIRO?

Numa festa diplomático-folclórica promovida na Casa Amarilla, sede da diplomacia venezuelana, argentinos e uruguaios apresentaram espetáculos de tango. Ao final, começou um animado bate-boca entre os colegas embaixadores da Argentina e do Uruguai, ambos grandes amigos, entre si e meus. Diante do constrangimento da assistência venezuelana, achei oportuno intervir para desarmar o conflito platino, e nada encontrei de melhor do que dizer que o tango não era nem argentino, nem uruguaio, mas sim brasileiro.

A mediação foi bem-sucedida, com a disputa arrefecendo prontamente, em meio à perplexidade geral. Obrigou-me, no entanto, já no dia seguinte, a enviar cartas a meus colegas embaixadores, bem como ao ministro interino das Relações Exteriores, Horácio Arteaga, que presenciara o episódio, explicando os fundamentos de minha atrevida mas bem-intencionada intervenção. Não encontrei em meus disquetes da época cópia daquelas missivas, mas pude recuperar o texto de mensagem de teor equivalente expedida mais tarde a Roy Chaderton, chefe do Departamento Político da Chancelaria, depois chanceler venezuelano, que soubera da minha "tese" e manifestara interesse por conhecê-la (sua curiosidade musical era diversificada; àquela altura já havia colecionado acho que umas 25 interpretações diferentes, em disco, da Ária da Bachianas nº 5, de Villa-Lobos). Traduzo:

"Relutei sempre em tratar do assunto do 'tango brasileiro', sobre o qual conversamos esta tarde. Por prudência diplomática, pois nós, os brasileiros, temos por supremo princípio jamais intervir em assuntos internos de outros países (e o tango, claro, é assunto doméstico e soberano da Argentina e do Uruguai). Também me inibe uma certa perplexidade pessoal. Acostumei-me desde a infância ao tango platino, que sempre apreciei, e de repente, há bem poucos anos, topo com esse tango indígena, culturalmente excêntrico, do qual a grande maioria de meus compatriotas nada sabe mas que poderia ser historicamente anterior ao de nossos irmãos ao sul.

Junto mando cassete com amostras musicais e xerox de informações sobre nosso tango. Assinalei as partes mais significativas dos textos. Por exemplo, quando se menciona que em nossos arquivos nacionais existem partituras de tangos compostos na década de 1870, ou se explicita haver 'evidência de que o tango, que se tornou uma paixão mundial e ainda mantém extensa popularidade, não somente se originou no Brasil, mas de fato com o próprio Nazareth. Verdade ou não, a responsabilidade pelo desenvolvimento do tango brasileiro cabe em grande parte a Nazareth, que dele escreveu mais de cem peças' (capa de CD editado nos Estados Unidos nos anos 1970, com tangos de Ernesto Nazareth interpretados por Arthur Moreira Lima).

Você verá que, sim, tivemos um tango, *tout court*, e mesmo um 'tango brasileiro', que se confunde — ou não! — com o do Prata, na inspiração e na evolução paralela de nossa música. Na realidade, são coisas distintas, diferentes derivações regionais e nacionais da dança andaluza chegada ao continente em meados do século XIX, possivelmente via Cuba. O tango de

Nazareth, de Chiquinha Gonzaga, de muitos outros, nós o conhecemos como chorinho, maxixe, o que seja. Mas o certo é que sobrevive, e com imensa vitalidade. 'Odeon' e 'Brejeiro', por exemplo, que você poderá ouvir na gravação do piano eminentemente clássico de Arthur Moreira Lima, são peças constantes de nosso cotidiano musical — popular e erudito. Peças de terna suavidade, com intrigantes alternâncias entre a provocação alegre e uma vaga melancolia.

Nós também temos certo orgulho de havermos cedo reconhecido o imenso talento de Piazzola e apreciado sem reservas seu a princípio controvertido (mesmo na Argentina) tango renovador (bossa nova portenha?). Com todos os precedentes que estou indicando, você suporá que temos títulos para competir com Gardel e a Boca...

Nada disso, porque, na verdade, o que mais nos liga ao tango é gostar imensamente dele e uma carinhosa admiração pelo que se produziu nas margens do Prata. Ainda quando ouço Lupicínio Rodrigues, um 'gaucho' de Porto Alegre, no Sul do Brasil, cujos sambas-canções são um equivalente literário e psicológico das mais platinas letras de tango, o sentimento que me ocorre é o de identidade — jamais de competição.

Veja os versos, adiante transcritos, de 'Vingança' e 'Nervos de Aço' [...]. Não entro no mérito das letras, tão somente assinalo que poderiam ter sido escritas em algum bar de Buenos Aires e Montevidéu, com a mesma atormentada — muitas vezes curtida — desilusão.

Não penso em rivalidades, apenas registro afinidades. O fato de que tenhamos no Brasil surpreendentes manifestações nacionais do tango sugere que somos mais parecidos, os latino-americanos, do que imaginamos. A aproximação política e a integração econômica preexistem em nossa cultura, mais além do que nos atrevemos a imaginar."

Postscriptum

i) o reconhecimento do tango brasileiro progrediu sobremaneira durante os anos 1990. Hoje já não surpreende tanto a menção a sua existência. Há numerosos *sites* na Internet, sobretudo norte-americanos, que ligam nosso choro ao tango e lhe dão primazia histórica. O livreto de CD gravado na Alemanha, em 2002, pelo Cello Trio, conjunto de músicos alemães e brasileiros, sob o título *Tango Brasileiro*, proclama com desenvoltura até abusada: os conjuntos de choro do Rio foram os criadores "de uma forma de música que se tornou conhecida como tango brasileiro, numa época em que na vizinha Argentina ninguém sequer falava de tango";

ii) há indicações de que o tango chegou à América Latina por meio de Cuba, como uma forma de dança andaluza;

iii) um ex-embaixador do Marrocos em Buenos Aires certa vez me disse, em São Paulo, que era gratuita a disputa em torno das origens do tango: a briga entre argentinos e uruguaios, os colombianos se julgando herdeiros do gênero porque Gardel morreu em Medellin, japoneses e finlandeses reinventando a música e sobre ela arrogando-se direitos... Quando me aprestava para invocar os títulos brasileiros e aclarar de vez suas aparentes dúvidas, ele me atalhou para afirmar, taxativamente, que o tango é... marroquino! Contou que até hoje existe, na região de Tânger, uma dança folclórica chamada tanga. Tânger, Andaluzia bem perto, do outro lado do Mediterrâneo — quem sabe ele não tenha razão?

iv) na verdade, em sua expressão argentina e uruguaia o tango é hoje uma dança de prestígio universal, como certamente merece. Mas igualmente nas origens parece ter sido deveras ecumênica. Não é preciso ir longe na pesquisa para encontrar outras fontes possíveis. O *Aurélio* dá também, como significados de menor emprego para o vocábulo, "espécie de pequeno tambor africano" e "a dança executada ao som desse instrumento". O *Houaiss* consigna que a palavra "aparece primeiro fora da Argentina como nome de uma dança da ilha de Hierro, nas Canárias e, em outras partes da América, com o sentido de 'reunião de negros para dançar ao som de um tambor' e ainda como nome do próprio tambor, provavelmente de origem onomatopaica". Canárias, o arquipélago ali ao largo do Marrocos...

Post-postscriptum

i) Tanta coisa por nada. A *Enciclopédia da Música Brasileira*, da Publifolha resume com definitiva autoridade, no verbete "tango", o que acima se procurou costurar, a partir de remendos esparsos: "Dança cantada, originária da Andaluzia, Espanha, onde surgiu por volta de 1850-1855. Expandindo-se pelas Américas na década de 1860, aclimatou-se em alguns países latino-americanos. Na Argentina fundiu-se com a 'habanera' cubana e com a milonga criolla, e por 1880 já apresentava características nacionais argentinas, com as quais iria se internacionalizar, sob o nome tango argentino, nas primeiras décadas deste século [do século XX]. No Brasil, o processo de fusão se dá com a havaneira, a polca e o lundu, apresentando, já nos fins da década de 1870, indícios evidentes de nacionalidade brasileira através do maxixe e do tango brasileiro, cujos modelos mais definidos foram fixados na obra do compositor carioca Ernesto Nazareth."

CORRUPIÃO CENSURADO

Indignados ante os maus-tratos infligidos ao *Hino* em programa brasileiro de calouros (procure "Hino Nacional Brasileiro" no YouTube, clique em "Vergonha"), organizamos, amigos nissei/sansei e eu, em Tóquio, um sarau de desagravo àquele injustiçado símbolo nacional. Contou-se — e tocou-se — tudo o que precede na crônica sobre o supostom plágio do *Hino*, procurando-se confortar a plateia com os elogios estrangeiros e especulando amenamente sobre as diversas hipóteses de plágios benignos e/ou inspiradas imitações. À meia-noite, pusemos um corrupião a cantar a melodia do *Hino*, de brincadeira invertendo causa e efeito: apresentamos seus trinados surpreendentes como a fonte original, autêntica e definitiva, das peças de Francisco Manuel, de José Maurício e... de Rossini.

Houve quem acreditasse.

Explico:

Como um número limitado de brasileiros, e alguns poucos estrangeiros, tenho o privilégio de possuir dois relógios de parede deliciosamente *kitsch*, em que as horas são assinaladas pelo canto de pássaros — num modelo, aves sul-americanas, no outro, aves exclusivamente brasileiras. A ideia é do ornitologista brasileiro-dinamarquês Johan Dalgas Frisch, que se terá inspirado nos velhos relógios-cuco da Floresta Negra, com a vantagem de que nestes soa apenas um canto para todas as horas, enquanto nos relógios de Dalgas cada hora tem um canto diferente, de diferentes aves — na versão brasileira, e na ordem das horas, o curió, o quero-quero, o bem-te-vi, o tucano, o jaó, o curiango, o sabiá-laranjeira etc. Às 11h trina o uirapuru, inspiração para tão belas obras em nossa música (Villa-Lobos, Camargo Guarnieri); ao meio-dia (e à meia-noite), pontualmente, quem canta é o corrupião, e seus trinados são as primeiras notas do *Hino Nacional* de Francisco Manuel da Silva (?)...

Mas o simpático passarinho é apenas diligente intérprete, não compositor.

O próprio Dalgas esclarece, em brochura apensa ao relógio, que manda fazer na China e comercializa em algumas poucas livrarias brasileiras (na verdade, numa hábil jogada de *marketing*, e de Aduana, o que se vende é a brochura, o relógio é que é seu adendo). Um cidadão inglês, Herbert Summer, residente em João Pessoa, ensinou seu corrupião a assobiar o *God save the king*. Para não deixar o Brasil atrás, anos mais tarde um sargento do Exército, sediado em Recife, conseguiu que um corrupião assobiasse a primeira e a metade da segunda estrofe do *Hino Nacional*. Dalgas soube da façanha e conseguiu gravar a cantoria. Mas aí veio a censura. "Em 1968, ao tentarmos incorporar esse canto ao disco compacto destinado ao estudo dos pássaros canoros, fomos impedidos pela censura que existia na época. Solicitamos uma audiência ao Senhor Ministro da Guerra, para pedir que autorizasse a inclusão do canto do corrupião em nosso disco, no que fomos gentilmente atendidos." E é com irônico humor que Dalgas comenta esse final feliz: "Hoje em dia seu canto pode ser admirado, sem qualquer restrição, por quem desejar ouvi-lo. Contudo, o episódio da censura será talvez o único de nossa História em que um pássaro tenha sido proibido de cantar [...]"

Nos anos 1960, o corrupião passou a ser ouvido porque o ministro da Guerra deixou, gentilmente. As "Diretas já" mudaram isso. Resultado talvez ainda insuficientemente reconhecido e proclamado do movimento foi a tardia conquista e genuína incorporação pelo povo brasileiro de seus símbolos maiores — a bandeira, o *Hino* —, antes meramente outorgados à nação pelo Estado condescendente e mantidos sob seu guante elitista e arbitrário[19].

19 Até na *web* o corrupião apresenta agora sua interpretação do *Hino*. Quem quiser ver, e ouvir, acesse, por exemplo: http://www.youtube.com/watch?v=t5tuyn74O8w. Acesso em: 20 ago. 2009.

PATRIOTISMO DE OLHO PUXADO

O sarau de resgate do *Hino* foi dirigido a nisseis/sanseis da admirável comunidade estabelecida no Japão, onde encontrei alguns dos mais vibrantes patriotas (brasileiros) em minha vida de frequente exilado.

Patriotismo acirrado, talvez em alguma medida compensador de perturbadores traumas de identidade: no Brasil o descendente se sente japonês; imediatamente ao chegar no Japão, se dá conta de que é brasileiro. E no Japão revigora e magnifica sua essência brasileira, assumindo comportamentos que não lhe são habituais no Brasil: joga futebol, dança capoeira, adora cerveja, discoteca e *funk*, organiza arraiais nas festas juninas, fala alto, é fanático pelos pegas automobilísticos, adora "tunagem" de carro, capricha num certo comedido relaxamento na postura e nos gestos. Ademais, em seu afã de afirmação nacional, monta extensa rede de lojas e serviços para sentir-se em casa (brasileira), cria escolas para suas crianças aprenderem como no Brasil, edita e lê dezenas de publicações em português, cria sua própria rede de TV e monta mui eficiente, admirável, companhia telefônica privada para falar com o Brasil a preço baixo. Gestos e atitudes que o distinguem da massa japonesa, na qual se confunde, contudo, pela identidade dos traços físicos. Um cônsul norte-americano em Tóquio ensinou-me a distingui-lo de seus ancestrais: basta olhar a maneira como caminham, descontraídos!

No Japão há cerca de cem escolas para crianças brasileiras, com currículo brasileiro e a maior parte reconhecida pelo Ministério da Educação. Foi em algumas dessas escolas, em Gunma e Saitama, que ouvi algumas das mais afinadas, sensíveis e emocionantes interpretações do *Hino Nacional* em minha experiência de exterior. A distância e a consciência das origens, agudizada pelo contraste com a sociedade local, ensejam uma dedicação acrescida à rememoração da pátria por um de seus símbolos essenciais. As crianças cantam com atenção, entusiasmo e orgulho — e afinadas por muitas exaustivas horas de ensaio exigente.

O "lábaro estrelado" é também uma constante na vida dos decasséguis. Há áreas permanentemente embandeiradas nos lugares de concentração dos brasileiros. As fachadas do comércio são frequentemente pintadas com as cores nacionais, em tonalidades berrantes. Sob bandeiras verde-amarelas, em sucessão ininterrupta, se podia percorrer a rua principal de Oizumi, em Gunma, durante a Copa do Mundo de 2006. As lojas brasileiras estão repletas de bandeiras, nos mais diversos formatos — tanto quanto de camisetas e outros acessórios nela inspirados.

Nosso malogro na Copa ensejou, todavia, uma situação inusitada e constrangedora: encomendadas em excesso, com exagerada fé em Kaká e Ronaldinho, encontrei bandeiras em liquidação em vários estabelecimentos de amigos em Gunma. Reclamando que bandeira nacional não se liquida, usei dinheiro do próprio bolso para tirar de circulação todas as que pude localizar. Fiz com isso um bom estoque. O que foi providencial, pois, à cata do que dar de presente, nas despedidas, aos funcionários do Consulado, em reconhecimento por sua inexcedível dedicação, extraordinária competência e generosa amizade, não poderia encontrar melhor solução. Foi um sucesso. Em troca, ganhei uma sóbria e evocativa lanterna japonesa de pedra esculpida, que hoje orna meu jardim em Frankfurt, debaixo de uma cerejeira.

INTEGRAÇÃO PELA GAITA

Visitei bom número das escolas brasileiras no Japão — e também das que, japonesas, tinham programas especiais para as crianças brasileiras. No começo, senti um constrangimento sério: onde ia, era recebido com flores, palmas, apresentações musicais, pequenos presentes (desenhos, gravuras, ingênuas peças de cerâmica), e não tinha como retribuir. Até que me lembrei de umas gaitinhas-chaveiro que a Hering, fabricante de harmônicas de boca de Santa Catarina, costumava distribuir como brinde nas feiras musicais de Frankfurt. Pequenos instrumentos, com 3,5 cm de comprimento, 1,2 cm de largura e de espessura, um som até que razoável.

Consegui encomendar, a preços módicos, umas tantas centenas, com ilustração binacional, muito bem-acabada: numa face, ciranda de crianças com as mãos dadas, em verde e amarelo e o nome do Consulado-Geral em português; na outra a ciranda em vermelho e branco e o Consulado grafado em caracteres japoneses. O desafio seria alguma criança "tirar" o *Hino Nacional* no mini-instrumento (tarefa talvez não impossível, pois um entusiasta americano chegou a preparar um repertório de 25 músicas que se poderia nela interpretar, começando, claro, pela inefável "Oh Susana").

As visitas às escolas se transformaram numa cacofonia radiosa e passaram a ser esperadas não mais como o "dia do cônsul", mas como o "dia da gaitinha". Não podia andar nas ruas de Oizumi e Ota sem que crianças corressem atrás, muitas vezes com os pais na cola, pedindo:

— Cônsul, Cônsul, me dá uma gaitinha!

O êxito com o público escolar brasileiro era de esperar. Inesperado foi, contudo, o que o brinde alcançou entre os adultos japoneses. Quando o prefeito de Oizumi discorria sobre a necessidade de estimular a integração das crianças brasileiras e japonesas, ocorreu-me ilustrar nosso propósito recíproco mostrando-lhe a gaitinha com figuras de umas e outras justapostas. Abriu um sorriso, apropriou-se sem cerimônia do instrumento, colocou-o na boca e começou a soprar e tirar os primeiros sons. E logo pediu mais um exemplar, para sua mulher; seus auxiliares deixaram de lado a circunspecção e entraram também na fila do presente. A partir daí, incluí a gaitinha no ritual de minhas visitas oficiais. O encanto dos presenteados era invariável — alegre, infantil e emocionado. O austero prefeito de Ueda fez questão de exibir-se com a gaita no palanque de um arraial brasileiro em sua cidade, dois anos seguidos.

Não apenas a remanescentes lúdicos se devia essa reação surpreendente de normalmente reservadas autoridades japonesas. Logo me explicaram, os adultos contemplados, que a harmônica os comovia por ter sido o único instrumento que haviam podido tocar em sua infância, quando o Japão, empobrecido, não tinha alternativa musical para as crianças. Por isso — algum colega cineasta sugeriu — seria tão presente, a gaita, na cinegrafia japonesa do pós-guerra?

Tão grande o sucesso do chaveiro sonoro que se cogitou de organizar um concurso nacional com prêmios (o topo de linha da Hering!) para quem apresentasse na gaitinha a melhor interpretação musical. O concurso teria eliminatórias regionais, ao vivo da rede brasileira de TV — a IPC. A ideia não foi adiante, mas muita gente treinou em casa e vez por outra eu era convidado a ouvir caprichadas apresentações de crianças e também de severos adultos. Ainda em minhas despedidas, empresário japonês de Ota tocou, em minha casa, perante brasileiros e japoneses perplexos, uma melodia tradicional alemã (em homenagem a minha esposa), que havia aprendido justamente em Santa Catarina, durante breve passagem pelo Brasil, décadas atrás.

Mas ninguém conseguiu tocar o *Hino* na gaitinha.

III ESPANTOS DESCONEXOS

POUPA-TEMPO NO VISTO PARA OS ESTADOS UNIDOS

Pelo andar ou pela indumentária — por alguma razão os funcionários consulares norte-americanos sabem identificar os nissei e sansei brasileiros, clientes privilegiados de seus serviços. A Seção Consular da Embaixada dos Estados Unidos em Tóquio processava por ano cerca de vinte mil vistos de trânsito para brasileiros envolvidos na "migração circular" Brasil-Japão-Brasil e que optam pela viagem via território norte-americano, mais barata. Essa atividade produz por volta de dois milhões de dólares em emolumentos, anualmente, quantia que permanece na Embaixada para financiar a manutenção e o aperfeiçoamento dos próprios serviços de que se origina, em acréscimo aos recursos normalmente recebidos de Washington pela via orçamentária.

Não por menos a Embaixada contrata intérpretes de português para auxiliar os brasileiros, reserva dias da semana e horários especiais para seu atendimento, põe à disposição recintos separados, agenda entrevistas para grupos inteiros que vêm do interior do país, procura encontrar, solicitamente, a melhor solução para situações de emergência, de saúde ou familiar. E por esses clientes mostra respeito e mesmo admiração. "É gente correta, cooperativa, polida, jovial — um prazer atendê-la" — me disse um cônsul, acrescentando, sem ironia: "E de que é trabalhadora não podemos deixar de ver em suas mãos, ao tirarmos as impressões digitais."

Impressionava esse empenho norte-americano em dar, no Japão, visto a brasileiro — alhures invariavelmente mal recebido. Tão vivo, aliás, era o interesse de nossos colegas, que chegaram a levantar a hipótese de missões consulares conjuntas Brasil-Estados Unidos: equipes de funcionários seus se juntariam aos Consulados Itinerantes[20] para irem conceder vistos a nossos concidadãos diretamente onde residem no interior do Japão, toda vez em que os reuníssemos para prestar-lhes os serviços consulares fora de Tóquio. Operação barba e cabelo: daríamos os passaportes e os americanos, prontamente, o visto! A ideia me intrigou deveras, e nas circunstâncias até que fazia sentido, em nome da eficiência e das conveniências de nossos compatriotas. Mas não se chegou a avançar em sua consideração, talvez por demais incongruente num contexto de conflito áspero entre os dois países por força das limitações e requisitos exagerados dos americanos para os brasileiros em geral e exigências recíprocas por nós a tempo impostas.

20 Os norte-americanos admiravam essa inovação do serviço consular do Itamaraty, precursor do popular Poupa-tempo. De acordo com uma escala previamente anunciada, grupos de funcionários dos consulados vão aos lugares em que vivem os brasileiros para prestar-lhes os serviços de que carecem, poupando-lhes gastar tempo e dinheiro em viagens às sedes das repartições consulares. Na jurisdição de Tóquio, os Itinerantes se realizavam aos domingos e às vezes se tornavam uma grande festa de confraternização. Eram ainda oportunidade valiosa para palestras sobre assuntos de interesse da comunidade e a discussão de seus problemas mais prementes. Aproveitava-se para prestar também serviços de aconselhamento médico e psicológico aos patrícios, em português, com o apoio de uma entidade beneficente da comunidade, a SABJA.

24 x 13

Nos anos 1970, o Itamaraty decidiu abrir nos Estados Unidos alguns consulados orientados especificamente para a promoção da exportação de produtos brasileiros. Um deles em Atlanta. Encarregada de escolher a sede, missão de jovens diplomatas visitou vários edifícios naquela cidade. Num deles, central (como tanta coisa em Atlanta, acho que se chamava Peachtree), encontrou-se espaço esplêndido, de custo razoável e apropriado à repartição que se desejava instalar. Já no elevador, contudo, reparamos que estávamos no 24º andar — número sensível, no Brasil, e no Itamaraty, àquela época mais do que agora.

Pelo sim, pelo não, consultamos o corretor se haveria espaço equivalente em outro andar. Diante de sua estranheza, explicamos a razão da pergunta. Não gostamos de sua reação, de arrogante deboche diante da preocupação numérico-zoológica dos interlocutores estrangeiros e subdesenvolvidos. De olho no painel de andares do elevador, a colega meu ocorreu replicar que só lhe alugaríamos espaço naquele imóvel se ele o conseguisse no 13º andar, que não existia — como em tantos prédios dos Estados Unidos, em função de preconceitos também primitivos. A reação não foi boa, tampouco, mas pelo menos a arrogância sumiu.

24 x 13. Deu empate.

ISPIQUING INGLICHE NA GRAND CENTRAL

Por vários anos, no início dos 1980, tomei o trem de subúrbio diariamente, para ir e vir entre minha casa em New Rochelle e a Grand Central, em Manhattan. Num dos labirínticos corredores da estação, topei certo dia com um grupo de engraxates brasileiros, pioneiros da migração Governador Valadares-Nova Iorque, discutindo vivamente os resultados do clássico Atlético-Cruzeiro da véspera. Sentei-me à cadeira, para engraxar os sapatos e também saber notícias do futebol. O compatriota à minha frente recusou-se, contudo, a responder em português as minhas perguntas, retorquindo em canhestro inglês, com indisfarçável sotaque de interior:

— Spiqui onli ingliche.

E seus colegas interromperam imediatamente a conversa.

Deixei passar, sabedor dos medos de nossos compatriotas com relação aos serviços americanos de imigração. Afinal, eles não me conheciam. Mas nem por não poder falar português com os engraxates brasileiros, deixei de frequentemente parar na banca para lustrar os sapatos e sentir como iam, trocando, aqui e ali, algumas frouxas palavras. In ingliche.

De chefe do Brazilian Government Trade Bureau e cônsul-geral adjunto passei, todavia, à condição de cônsul-geral interino, em que tive de permanecer pelo período nada interino de dois anos. Nesse tempo pude fazer algo, modesto, por nossa gente, incluindo deixar bem claro que os problemas de vistos e *green cards* não eram da competência do Consulado, mas sim do governo norte-americano. Os brasileiros não precisavam evitar o Consulado com medo da imigração.

Já na iminência de deixar Nova Iorque, removido para a Embaixada em Washington, parei na banca de engraxates e, como sempre, cumprimentei:

— Good morning, how are you today?

Para minha grata surpresa, veio a resposta inesperada do engraxate brasileiro, desta vez em português!

— Tudo bem, senhor cônsul. Só que a gente soube que o senhor tá indo embora... Que pena!

Fiquei feliz ante o amável reconhecimento, tardio mas ainda a tempo. E raramente recebi tão singelo e tocante presente ao final das numerosas escalas de minha vida de eterno itinerante. Ao preparar-me para pagar, o engraxate compatriota disse:

— Deixa pra lá, hoje é de graça, de despedida...

FIM DO CAIPIRA?

Sempre me considerei "do interior", nascido numa ponta paulista (Colina/Barretos) do Triângulo Mineiro. E sempre apreciei a cultura caipira — incluindo a autêntica música de nossa terra. Houve tempo em que conspiramos, outro colega diplomata e eu, publicar uma coluna de música caipira num jornal de meu pai, de temas agrícolas.

Em 1998-1999, à frente do Escritório do Itamaraty em São Paulo, participei da organização, juntamente com o secretário da Agricultura do Estado de São Paulo, João Carlos de Souza Meirelles, de dois seminários sobre as dimensões internacionais do agronegócio. A ideia era alertar os produtores rurais que a globalização os introduzia, necessariamente, num ambiente econômico-comercial mais amplo e complexo, com novos riscos e novas oportunidades, que deveriam conhecer e explorar.

Os dois encontros foram um grande sucesso. O primeiro deles, que reuniu 1.500 pessoas representativas da gente da terra no mega-auditório do Memorial da América Latina, com um rol impressionante de palestrantes — ministros, líderes rurais e especialistas em comércio —, provocou um artigo de Clóvis Rossi na *Folha*, com ênfase na surpresa que lhe tinha causado um encontro em que os agricultores haviam tratado de seu ofício com modernidade, eficiência e descortino. Uma evolução auspiciosa, um progresso inesperado.

O artigo tinha o título-pergunta "Fim do Caipira?"

Procurei o Clóvis em seguida, mas não consegui encontrá-lo; parece que estava em alguma Genebra da vida, tratando das coisas da roça de um ângulo mais cosmopolita. Queria agradecer-lhe as referências positivas ao seminário, mas também reclamar do título de sua matéria.

Afinal, todo nosso esforço se havia dirigido não a acabar com o caipira, mas sim a contribuir para que ele pudesse sobreviver!

— VIVA o caipira!

E, com ele, sua cultura, sua música, seus causos, todo esse jeito bom e sábio das coisas do interior.

SADOMASOQUISMO NO SHOWROOM

Para o sucessor, o antecessor é sempre um incompetente; para o antecessor, o sucessor não passa, invariavelmente, de um ingrato. No Itamaraty, cioso de suas tradições de continuidade e permanência, sempre se procura tratar com elegância essa incômoda equação, tão frequentemente presente nas mudanças de comando. Pessoalmente, sempre procurei esquivá-la, pondo empenho em respeitar a administração anterior e criar as melhores condições para a seguinte. Nunca me arrependi. Mas em pelo menos uma vez quebrei a cara — dei com os burros n'água, para usar expressão mais de minha geração.

Nova Iorque, princípio dos anos 1980. Brazilian Government Trade Bureau, antiga e venerável repartição brasileira, nascida nos anos 1940 e principal instrumento do Itamaraty para o apoio às exportações brasileiras nos Estados Unidos. Ligado, por razões administrativas, ao Consulado-Geral em Nova Iorque e chefiado por diplomata. Como de hábito, ao assumir determinei que toda a programação da administração anterior deveria continuar a ser implementada, e pelos mesmos funcionários a quem havia sido confiado cada evento.

Um dos primeiros projetos era uma exposição de roupas de couro no Showroom do Trade Bureau — anexo utilíssimo, cuja instalação se devera a iniciativa do antecessor, dele muito cioso. Acompanhei a preparação a distância; muita atenção e questionamentos pareceriam um desrespeito à gestão anterior, de que o evento emanava, e cujo titular havia pessoalmente selecionado e contratado as duas funcionárias responsáveis, ambas aplicadas e inteligentes.

No dia aprazado, ocorreu o evento, mas o enfoque não foi o esperado: as roupas de couro brasileiras foram apresentadas em contexto de moda sadomasoquista, na linha do movimento que começava a tomar corpo na Nova Iorque de então, mas nada a meu gosto, e, decerto, tampouco ao gosto de meu Ministério ou do governo da época. Quase uma provocação. Não gostei, mostrei meu desagrado às responsáveis, preocupei-me, claro, com as repercussões.

Estas tardaram quase três décadas para aparecer. E apareceram, inesperadamente, justamente pela pena de meu antecessor, que em livro de histórias da diplomacia e do Itamaraty, lançado em 2008, descreve o incidente em pormenores, deliciado, e diz que o novo chefe, "traumatizado, em vez de supervisionar a organização de eventos futuros, optou pela saída mais simples e cômoda, acabou com o Brasil Showroom, enchendo-o de mesas de funcionários".

Admito o traumatismo (não era para menos!) mas não as consequências apontadas. O incidente não prejudicou a continuidade da programação da gestão anterior, nem nova programação para o *showroom*, ainda mais intensa e diversificada. Em razão do crescimento das atividades de informática do Trade Bureau (para o qual a gestão do antecessor fora aliás de grande valia, inclusive com vistas à implantação do SPED — a intranet antes da *web*, de que se falará ainda nestas crônicas), foi necessário reajustar a distribuição dos serviços e deslocar para aquele espaço dois funcionários e algumas atividades de atendimento direto ao público, assim como montar ali pequenos escritórios modulados, facilmente removíveis, para encontros reservados entre exportadores brasileiros e interessados norte-americanos em adquirir seus produtos ou representá-los no mercado local.

Nada disso impediu o *showroom* de continuar abrigando exposições temporárias: o mostruário de cada exportador que usava o recinto, e outras, mais amplas, como, por exemplo, exibição de *designer* brasileiro de joias (a cuja inauguração Pelé esteve presente), e apresentação de biquínis brasileiros, com direito até a desfile, muito correto (e que terá contribuído para exorcizar o acidente sadomasoquista...). O *showroom* passou igualmente a acolher outros eventos de interesse da crescente comunidade em Nova Iorque (começava a migração dos mineiros, os bandeirantes daquela terra) e do Consulado-Geral. Também uma bela exposição sobre o Aleijadinho (esta, por suas dimensões, ocupou todo um andar do Trade Bureau), parte de promoção que incluiu um concerto de música barroca na Catedral de St. Patrick, com Maria Lucia Godoy e presença do próprio governador de Minas.

A surpresa sadomasoquista não comprometeu, pois, os objetivos do recinto onde se deu. Para mim, a lição foi de que o problema das transições pode não estar na ingratidão do sucessor, ou na incompetência do antecessor, mas simplesmente no risco de mal-entendidos presente em toda passagem de direção. Nas circunstâncias, de qualquer modo, a equação incompetência/ingratidão se inverteu: incompetente foi o sucessor, que confiou na gestão precedente, ingrato o antecessor, que não reconheceu a deferência causadora do erro.

O tal livro seria motivo para outro também inesperado mal-entendido nas relações com o mesmo colega. Deste recebi, no Consulado-Geral em Tóquio, mensagem indignada e assaz agressiva, reclamando contra o fato de que o Consulado estava retransmitindo para seu endereço de *e-mail* notas de divulgação do Governo Federal. Perplexo, fui verificar e apurei que há algumas semanas, de fato, o Consulado vinha repassando ao colega, já aposentado, informações recebidas de Brasília. Ainda mais perplexo, perguntei-me por que perversa razão o estaríamos fazendo.

Não custou muito tempo, felizmente, matar-se a charada. A solução é inesperada — e didática com respeito aos riscos de nosso dia a dia informático:

i) as notas eram retransmitidas, há muito tempo, rotineiramente, a meia-dúzia de endereços de funcionários do Consulado, dentre eles o meu próprio;

ii) o encarregado da retransmissão usava o serviço de AutoComplete do processador de *e-mails*, o qual oferecia o endereço inteiro do destinatário após a digitação das primeiras letras;

iii) meu endereço era <*guimarães@*...> Digitado o *g*, o computador apresentava o resto do endereço e o operador rapidamente o confirmava, para ganhar tempo;

iv) como eu havia expedido mensagem ao colega, interessado em saber como comprar no Brasil a obra recém-publicada, seu endereço foi automaticamente incluído na lista de contatos do processador de *e-mails*;

v) por conseguinte, após o *g*, o endereço imediatamente completado passou a ser não mais <*guimarães*@...>, mas sim <*g??*...@...>, que me batia pela ordem do alfabeto;

vi) o operador não se deu conta e continuou a confirmar o endereço introduzido pelo *g*, na suposição de que seria o meu. Daí a enxurrada de mensagens indesejadas por meu colega.

Alertado, o operador passou a aguardar o AutoComplete depois de digitados também o *u*, o *i*, o *m* e o *a* de Guimarães, que barravam solidamente as letras adventícias a fim de que a mensagem seguisse para o destinatário correto.

De tudo isso informei prontamente o colega; e não houve mais reclamação. Houvesse nova queixa, sempre poderia alegar que o ocorrido em Tóquio acontece nas melhores famílias. E nas maiores também. Primo meu, membro do *dream-team* de multinacional da informática, disse-me que sua empresa já recomendou aos empregados desativarem o AutoComplete de seus processadores de *e-mail*. E, mais, mandou-me artigo sobre este episódio alarmante: uma das maiores empresas de fármacos do mundo havia visto na primeira página do *The New York Times* delicada pendência em que estava envolvida, e que implicava multa de um bilhão (bilhão!) de dólares, porque seu advogado tinha nome parecido com o de um repórter do jornal e o AutoComplete... Bem, é fácil imaginar o resto.

GUERRA NUCLEAR EM BRASÍLIA

Outubro de 1962. Mísseis soviéticos em Cuba, bloqueio naval americano. Kennedy ameaça, Krutchev negaceia e insiste, também ameaçando. Belonaves russas se aproximam da ilha, desafiando o bloqueio. Brasília, indiferente, curtindo ainda sua estreia recente como capital, tratando de si mesma — narcísica. Por alguma razão, com a qual não consigo hoje atinar, nem ainda diplomata àquela altura, fiquei preocupado — disseram na ocasião que obsessiva e maçantemente preocupado —, ante os riscos de guerra nuclear envolvidos na crise. Não saía da frente dos teletipos, atento aos despachos das agências.

Uma manhã, de folga em casa, ansioso e impaciente, telefono de hora em hora para saber se não chegou nenhuma notícia. À terceira chamada, um colega me diz, dramático:

— Você tinha razão em se preocupar! Aconteceu! Um cruzador russo tentou passar e foi afundado. Há emergência nuclear nos Estados Unidos e na Europa.

Não fiz por menos:

— Vou para aí, quero ler o despacho.

Fui e encontrei o despacho, já recortado do rolo do teletipo, datado de Washington, no formato gráfico de praxe e na linguagem lacônica, sem rebuços, das agências na época. Em três linhas dizia tudo: o temido ocorrera, a guerra parecia inevitável.

Voltei para casa cabisbaixo, pensando em ligar para minha família em São Paulo. Não tive tempo. Mal cheguei à SQS 208, outro colega me telefona para perguntar se eu já sabia da notícia, que ele acabara de ouvir numa rádio da capital:

> — Você tinha razão, eu não achava que isso pudesse acontecer.

Minutos depois, outra chamada, de terceiro colega, do mesmo surpreso e amedrontado teor.

Instantes após me chama, porém, o primeiro colega, o que me dera a notícia, muito apologético:

> "Desculpa, vi que você ficou realmente abalado com a notícia e quero te tranquilizar. Foi só uma brincadeira minha. Você estava tão chato que achei que a merecia. Eu próprio bati o despacho no teletipo."

Xinguei à beça o amigo, repudiando a brincadeira de péssimo gosto. Mas desliguei o telefone aliviado.

Sentimento fugaz, contudo: logo me lembrei das chamadas dos outros amigos, mencionando que haviam sabido da mesma notícia de outras fontes, no rádio. Como podia, se a notícia não era verdadeira? Ou era?

Em resumo: o colega brincalhão, ao bater o fictício despacho no teletipo, supostamente *off-line*, havia espalhado a notícia por diversos terminais de rádios e jornais de Brasília. Por mim alertado, e quase em pânico, o autor da brincadeira chamou todo mundo de imediato, tornando a notícia sem efeito. Era pessoa muito querida e respeitada, e na Brasília pequena da época, em que todos se conheciam e eram amigos, foi possível em minutos desmanchar a guerra.

Não houve mortos ou feridos. Só um outro amigo me falou do mal-estar passageiro de uma senhora, em sua loja, ao ouvir pelo rádio o anúncio do virtual início da guerra possivelmente definitiva, terminal.

PRISIONEIROS ALEMÃES NO BRASIL

Quem costuma almoçar, ou jantar, num dos restaurantes da rede Windhuk, em São Paulo, dificilmente saberá que o nome do estabelecimento vem de um navio de passageiros e que o estabelecimento foi fundado por um ex-prisioneiro alemão no Brasil, aqui internado em campo de concentração. A informação é hoje mais corrente (a Internet vai diluindo o inesperado), e até livro (soube pela *net*) existe sobre o assunto. Mas surpreendeu-me nos anos 1960 saber a história do navio, amplo e moderno para sua época, que fazia a rota da Namíbia e veio aportar em Santos em 1939, à falta de outro destino seguro quando a guerra estalou na Europa. Em 1942, ao entrar no conflito mundial, o Brasil aprisionou a tripulação e a distribuiu por "campos de concentração" improvisados em escolas agrícolas no interior de São Paulo, sob a guarda de contingentes da antiga Força Pública mas comandados por engenheiros-agrônomos formados na Luiz de Queiroz, em Piracicaba.

Os prisioneiros levaram vida boa nas fazendas-modelo da Secretaria da Agricultura. Tinham suas próprias hortas, criavam galinhas e pequenos animais, para as necessidades de médico e dentista eram levados às cidades mais próximas sob escolta da Força Pública, com cujos soldados chegaram a ter algumas escaramuças, benignas, em torno de ovos furtados e por força de exageros de cachaça. O diretor do "campo" de Guaratinguetá se deliciava contando a respeito. Sua filha tem recordações gratas da infância na companhia amena dos prisioneiros, da qual conservou algum conhecimento do idioma alemão. O confeiteiro de bordo era o cozinheiro da residência do diretor — e muito bom, segundo depoimento unânime e saudoso da família. A cada mês vinha o cônsul da Suíça pagar aos prisioneiros seus soldos regulares na Marinha Mercante alemã.

Mais do que essa experiência prazenteira, e bem remunerada, tiveram os prisioneiros o benefício ímpar de não precisar lutar no conflito que conflagrava seu país e o mundo. Ninguém fugiu, claro. Muito pelo contrário. Uma das estórias do diretor era sobre dois prisioneiros carregando de volta ao campo sua guarda, embriagada com aguardente que eles próprios haviam pagado. Do campo de concentração brasileiro não havia por que escapar. Muito pelo contrário.

Tão boa a vida que, finda a guerra, todos os prisioneiros de Guaratinguetá decidiram permanecer no Brasil. Só um, que a família identificava como o comissário político de bordo (ou "o espião", na visão romanceada das crianças) voltou à Alemanha. Dos que ficaram, um ex-prisioneiro fundou o primeiro Windhuk em Moema, na parada Vila Helena do bonde de Santo Amaro, hoje avenida Ibirapuera, quase esquina da Eucaliptos. O estabelecimento original foi depois adquirido por um empregado, alemão-brasileiro de Santa Catarina, que o expandiu, formou a rede e passou a cultivar o passado histórico da casa, inclusive promovendo reuniões dos ex-prisioneiros nos locais de seu bucólico cativeiro.

O DIPLOMATA, UM BRASILEIRO A DISTÂNCIA?

Por dever de ofício, o diplomata aprende línguas e como viver no exterior. No exterior vive e trabalha, às vezes se casa, frequentemente tem filhos, que lá estudam, se formam e, por sua vez, também se casam e têm filhos. Familiariza-se com certos países, lança novas raízes. Ganha e gasta em dólares, tem contas bancárias, às vezes mesmo forma patrimônio nos lugares onde trabalha. Passa anos e anos fora. Apesar de seus estágios obrigatórios em Brasília, nada mais natural que possa parecer, a seus compatriotas, um estrangeiro — ou um brasileiro a distância, incompleto. Nada mais natural, igualmente, esperar que, ao se aposentarem, os diplomatas se inclinem, em grande proporção, a morar no exterior, onde afinal já residiram por muitos anos. Sem dúvida, não há na sociedade grupo mais preparado e profissionalmente encorajado para viver fora.

Faz pouco tempo, o Itamaraty começou a editar uma brochura com os endereços dos diplomatas aposentados. Tenho em mãos a edição de dezembro de 2007. Tive a curiosidade de ir ver que colegas preferiram morar no exterior e qual o seu número. Tinha a ideia de que entre 20 e 40% teriam optado por viver fora; vários amigos, também diplomatas, que sondei a respeito, tinham estimativa equivalente. O resultado de minha pesquisa foi por isso inesperado e mostra que nós próprios compartilhamos o preconceito que nos desmerece como brasileiros.

Dos 227 embaixadores, ministros e conselheiros aposentados constantes na lista, 221 fixaram residência no Brasil, seis no exterior (em 2008, por motivos de ordem familiar, aumentei eu próprio esse número para sete). A proporção dos que moram fora é, pois, mínima. Não gosto da comparação, que ignora as diferenças de necessidades e motivação nos dois universos em cotejo, mas a proporção dos diplomatas que escolhem morar no exterior, uma vez aposentados, está razoavelmente próxima da que corresponde aos brasileiros em geral — estimados em três milhões residentes fora, ou sejam, 1,57% da população total de 190 milhões de habitantes.

O preconceito do diplomata alienado é difícil de desfazer — e nada fácil de engolir, pois o diplomata brasileiro é um eterno saudoso da pátria. Como no lema de Rio Branco, *Ubique Patria Memor* — "onde quer que esteja, terei a Pátria sempre presente". Ou como nas palavras de Vinicius de Moraes, o poeta, compositor e diplomata de carreira, numa carta a Antonio Carlos Jobim, escrita num "quarto de hotel no Havre, que dá para uma praça e toda a solidão do mundo", saudoso e melancólico mas irredutível quanto a suas raízes: "[...] o Brasil é uma paixão permanente em minha vida de constante exilado".

O ministro Abreu Sodré escreveu certa vez um artigo que pode ajudar na compreensão das peculiaridades das obrigações do diplomata, bem como o drama da distância e de sua vida peripatética, inconstante.

> "O diplomata está sujeito a tensões únicas, a desgastes severos, itinerante sem ser nômade, alternando funções e lugares, desafiado repetidamente não só para o novo, estimulante, mas também para o inesperado, às vezes

desconcertante". Contudo, "nem por ter, de ofício, o dever inelutável de percorrer o mundo, pode o diplomata tornar-se cidadão do mundo. Apesar de distâncias e ausências, ele precisa conservar sua identidade e seus vínculos essenciais. Sintonizado a todo instante com a realidade de seu país, não terá a sorte daquele embaixador que lamentava décadas inteiras de exílio a serviço da pátria, no exterior, e, ao aposentar-se, o ostracismo, a distância para ele mais penosa — o exílio em sua própria terra. Mais do que sintonizado, cabe ao diplomata ser coerente com seu país, para bem servi-lo e fielmente representá-lo; [...] além de preservar as raízes próprias em seu compulsório vagar pelo mundo, não pode o diplomata renunciar a ver e interpretar esse mundo, invariavelmente, pelo prisma de suas origens."

E mais, em reconhecimento aos percalços de um ofício singular:

"Por ser a transitoriedade uma faceta constante de sua vida, do diplomata se reclama uma sucessão de conquistas. Sucessivas conquistas e também, de outro ângulo, sucessivas perdas. Sua obra é, na verdade, um permanente recomeçar e um relutante concluir. Quando o desempenho da função alcança estágio maduro, produzindo resultados, vencidas as fases de iniciação e ajustamento, vem a hora de mudar. O desafio, repetidamente imposto ao diplomata, é o de integrar-se, como se fora para sempre, em uma função de duração nem sempre previsível. O enriquecimento inegável, resultante de tal exercício e da interação contínua com povos e culturas diversos, é pago com interrupções intempestivas, inadaptações [...] e frustrações a exigirem uma disciplina por vezes heroica [...]. O diplomata sabe que lhe cabe estar invariavelmente preparado para novas missões, como na lenda de Sísifo, o rei de Corinto condenado a empurrar eternamente, encosta acima, a pedra que por ela sempre despencava, ao atingir o cume."

IV DIPLOMACIA E COMÉRCIO

PUNHOS DE RENDA TAMBÉM EXPORTAM

Diplomacia e comércio são atividades hoje em dia reconhecidamente vinculadas, apoiando-se e enriquecendo-se mutuamente. A ponto de ter havido quem parodiasse Clausewitz para sugerir que o comércio — não a guerra — é o prolongamento da diplomacia por outros meios.

Nem sempre foi assim, contudo, pelo menos no Brasil. Ainda eu fui testemunha de atitudes como a de um embaixador da velha guarda durante reunião de coordenação dos chefes das Missões brasileiras na então Comunidade Econômica Europeia — encontro presidido pelo próprio ministro das Relações Exteriores, por sinal poderoso homem de negócios. Confrontado com dados que revelavam que o maior crescimento das exportações brasileiras era justamente para o país no qual estava acreditado, o embaixador, conhecido por ridicularizar os diplomatas empenhados na área a seu juízo menor do comércio, repudiou prontamente o prestígio da primazia, proclamando, com altiva coerência e desarmante sinceridade:

> — Senhor ministro, sobre aquelas malditas exportações, quero assegurar-lhe que estou inocente!

Quando, no princípio dos remotos anos 1970, o Itamaraty recebeu a incumbência de montar um sistema consistente e eficiente de promoção de exportações, tirando-se partido, a custo marginal, da estrutura de recursos humanos e materiais já montada no Brasil e no exterior, tampouco era fluida, espontânea, a coexistência entre diplomacia e comércio — de diplomatas e empresários. Havia já uma extensa e proveitosa experiência de negociação diplomática em torno dos grandes temas econômicos internacionais e do intercâmbio de produtos básicos específicos, mas era novidade e motivo para embaraçosas perplexidades a promoção das exportações ao nível específico da comercialização — o "varejo", os "secos e molhados" do comércio, como se dizia na época, depreciativamente.

Muitos colegas diplomatas passavam como que por uma crise de identidade ao se ocuparem da exportação — tradicionalmente mais voltados para os aspectos políticos das relações entre os Estados, acostumados a terem como interlocutores diplomatas de outros Estados, ainda pouco afeitos aos interesses mais tópicos do cotidiano do comércio e ao diálogo com os empresários. E estes tampouco mostravam sentir-se à vontade com diplomatas recém-chegados à arena do comércio, estigmatizados pelos "punhos de renda" de antigos e injustos clichês.

As perplexidades dos diplomatas se resolviam rapidamente, pois em todos havia a consciência da importância do dever a cumprir no serviço do país; se a promoção do comércio passava a ser prioritária para os interesses externos do Brasil, a ela havia que dedicar-se também a diplomacia, uma vez para isso capacitada. De seu lado, os homens de negócio cedo perceberam que podiam ter nos diplomatas aliados eficazes, deram-se conta de que sob os "punhos de renda" das cansadas metáforas podia haver pulso firme e combativo, decidido e vigoroso na defesa de seus interesses empresariais, na medida em que estes passavam a identificar-se com interesses nacionais relevantes.

Punhos de renda, mas de mangas arregaçadas[21].

21 Essa outra submetáfora para a imagem dos punhos de renda apareceu n'*O Globo* em 29 de agosto de 2009, em artigo sobre "o novo Itamaraty".

RIO BRANCO PROMOVE O CAFEZINHO

Na verdade, não era assim tão inédito o diplomata ocupar-se de promover comércio. É pouco sabido, mas o barão do Rio Branco preparou, quando cônsul-geral em Liverpool, em 1882, um alentado *Relatório sobre o café do Brasil na Grã-Bretanha*, e foi diretor do Pavilhão brasileiro na Exposição Mundial de São Petersburgo, em 1884, como delegado do governo ao mesmo tempo que presidente da Delegação do Centro da Lavoura e do Comércio. À frente dessa auspiciosa *joint venture* dos setores público e privado, Rio Branco se ocupou com os mesmos empenho e êxito que o fariam mais tarde o respeitado e admirado patrono da diplomacia brasileira.

Não foi um diretor de pavilhão meramente decorativo, ou de representação. Seu biógrafo Álvaro Lins conta que "ocupava-se ele próprio de todos os assuntos", inclusive da administração do serviço de cafezinho aos vinte mil visitantes que passavam diariamente pelo recinto do Brasil. O resultado é que o jornal de São Petersburgo acabaria dedicando todo um artigo à participação brasileira, salientando: "A exposição do Brasil [...] continua a interessar de modo extraordinário à população de São Petersburgo. Conquanto abunde em tesouros vindos de todos os pontos do globo, que encantam a vista e o gosto, nenhuma seção da exposição obtém o êxito verdadeiramente colossal do pavilhão brasileiro." Rio Branco assinalaria depois, no entanto, com argúcia e sensibilidade para o *marketing*, que nenhuma participação em feira se esgota em si mesma: "Sempre fui de parecer que as exposições não bastavam, sendo indispensável que ao mesmo tempo criássemos nos grandes centros de consumo depósitos onde estivesse à venda nosso café." Ideia que muitas décadas depois seria adotada pelo mais tarde extinto Instituto Brasileiro do Café, na forma de entrepostos, nem sempre bem administrados.

Mesmo para os atritos pessoais que surgem ocasionalmente entre funcionários do governo e empresários, na perseguição, nem sempre solidária, de objetivos comuns, Rio Branco estabeleceria precedente: de um membro da delegação do Centro da Lavoura e do Comércio, que o acompanhava no evento de São Petersburgo, diria, em carta a amigo, num desabafo raro em quem teria toda uma vida de expressão cuidada e diplomaticamente comedida: "Só lhe prestei serviços, e não fico querendo mal a esse senhor porque quis fazer-me certos desaforos. O que ele é é um grande tolo com pretensões a esperto. É preciso que cresça duas vezes para pretender embrulhar-me."

Promovendo o café brasileiro, mas nem por isso menos diplomata, Rio Branco não deixaria de avaliar politicamente a Rússia tzarista. Na exposição recebeu Alexandre III, com quem manteve longa conversação, e a tzarina. Considerou um "gigante de pés de barro" o aparelho policial e de repressão do Governo Imperial e a amigos disse, depois de haver também conversado com o futuro Nicolau II, à época com 15 anos, que o percebia como "o Luiz XVI da Rússia"!

Haja premonição!

FERNANDO PESSOA, O POETA MARQUETEIRO

Também os colegas mais voltados para as letras encontravam, para sua atividade de promoção comercial, exemplo e conforto no poeta mais consistentemente admirado pelas gerações recentes de diplomatas. Fernando Pessoa — ninguém menos do que ele! — escreveu sobre o *marketing* com a mesma desenvoltura com que teceu seus admirados poemas.

No artigo *A essência do comércio*, o poeta comenta a vitória do *marketing* alemão sobre o britânico, na Índia. Os fabricantes alemães de taças para ovos (*egg-cups*) descobriram que os ovos das galinhas indianas eram maiores do que os das equivalentes europeias, cuja medida seus concorrentes britânicos utilizavam também nas exportações. "Os alemães não tinham que alterar qualidade (podiam até baixá-la), nem que diminuir o preço; tinham certa a vitória pelo que em linguagem científica se chama a adaptação ao mercado. Tinham resolvido, na Índia e para si, o problema de comer o ovo de Colombo."

Pessoa recriminava asperamente a falta de sensibilidade para as necessidades do consumidor:

> "Nada revela mais uma incapacidade fundamental para o exercício do comércio do que o hábito de concluir o que os outros querem, sem estudar os outros, fechando-nos no gabinete da nossa própria cabeça."

Ele descreve a estratégia "para entrar num mercado seja doméstico ou estranho", insistindo sempre em que "um comerciante não tem personalidade, tem comércio; a sua personalidade deve estar subordinada a seu comércio; e o seu comércio está fatalmente subordinado a seu mercado". Pessoa também apresenta um conceito intrigante, que sugere outros vínculos entre comércio e interesse público:

> "Um comerciante não é mais do que um servidor do público e recebe uma paga pela prestação desse serviço. Para isso é preciso estudar a quem se serve — mas estudá-lo sem preconceitos nem antecipações [...]. Em resumo, o comerciante é um servidor do público; tem que estudar esse público, e as diferenças de público para público se o artigo que vende ou explora não é limitado a um mercado só".

O poeta chega a dar conselhos, didaticamente, com graça e a nível mesmo corriqueiro de *marketing*:

> "Um comerciante português que faça um rótulo encarnado e verde, ou azul e branco, comete um erro comercial: quem segue a política (entendo, o Partido) das cores do rótulo não lhe compra o produto por isso e quem segue a política oposta deixa muitas vezes de o comprar. Por um lado não ganha; pelo outro, perde."

Com humor também observa, ainda sobre os problemas de adaptação do produto ao mercado:

> "Um industrial que inventasse e produzisse um tipo de *whisky* novo, bom e barato, teria um mercado certo nas

Ilhas Britânicas; mas, se tivesse a lembrança de ornar as garrafas desse líquido com um rótulo com a bandeira daquele império, não deveria admirar-se de ver a maioria dos habitantes do Estado Livre da Irlanda impor-se o horroroso sacrifício de não o beber."[22]

22 Topei com esse texto na década dos 1970. Não me recordo como, mas me lembro bem de que ninguém a quem perguntei sabia dele. No Itamaraty e nas escolas de economia e comércio, onde fiz muita palestra na época, todos compartilhavam meu espanto. A revisora destas crônicas chamou minha atenção, contudo, para que na Internet — essa inelutável perturbadora do inesperado — há agora muita referência aos escritos econômicos do Pessoa guarda-livros, inclusive a edições recentes de livros completos com o título que aquele artigo levava. Meio sem-graça, acabei mesmo encontrando versões diferentes do texto de que dispunha — nada, porém, que desvirtue a essência dos dizeres do poeta marqueteiro. Mas esta passagem, que desconhecia e agora recolho na *web*, teria sido ainda mais reconfortante e inspiradora para os diplomatas confrontados com a novidade da promoção comercial: "A atividade social chamada comércio, por mal vista que esteja hoje pelos teoristas das sociedades impossíveis, é contudo um dos dois característicos distintivos das sociedades chamadas civilizadas. O outro característico distintivo é o que se denomina cultura. Entre o comércio e a cultura houve sempre uma relação íntima, ainda não bem explicada, mas observada por muitos. É, com efeito, notável, que as sociedades que mais proeminentemente se destacaram na criação de valores culturais são as que mais proeminentemente se destacaram no exercício assíduo do comércio. Comercial, eminentemente comercial, foi Atenas. Comercial, eminentemente comercial foi Florença. A relação entre os dois fenômenos é ao mesmo tempo de paralelismo e de causa e efeito." *Revista de Comércio e Contabilidade*, n. 3, p. 26-27, mar. 1926.

A TRADIÇÃO DE SABER RENOVAR-SE

Com antecedentes como os de Rio Branco e Fernando Pessoa, entre outros tantos, por que estigmatizar negativamente os "secos e molhados" da diplomacia?

Não obstante aqueles tão nobres exemplos, ainda num discurso no IV Encontro Nacional de Exportadores, em 1977, o então chefe do Departamento de Promoção Comercial do Itamaraty, Paulo Tarso Flecha de Lima, achava necessário mencionar que podia, às vezes, causar estranheza "um diplomata entre empresários". Para lembrar, contudo, que à diplomacia cabe servir ao país naquilo que a cada momento é mais importante em suas relações internacionais. O mérito da diplomacia está em sua coerência com o país. Se, após a independência, a Chancelaria brasileira consagrou seus esforços ao reconhecimento externo da soberania recém-adquirida; se obteve, mais tarde, com Rio Branco e uma plêiade de competentes patriotas, o mesmo reconhecimento para os direitos territoriais adquiridos, configurando o Brasil, pacificamente, com suas definitivas e extensas fronteiras; se contribuiu, no século XX, para traçar e defender o perfil do país na comunidade internacional que se remodela celeremente — o Itamaraty nada mais fez do que realizar o que a seu tempo importava. E na prioridade daquele momento, nos anos 1970, da mais ampla integração do Brasil na economia internacional, a diplomacia também se engajava, decididamente.

Tais palavras ecoavam conceitos que o saudoso ministro Azeredo da Silveira havia corajosamente expresso, como novidade quase provocadora, numa palestra perante a Associação das Câmaras de Comércio Estrangeiras de São Paulo, em 1974, exatos noventa anos depois da Exposição de São Petersburgo.

> "A ação diplomática brasileira está voltada para a projeção, no exterior, dos interesses nacionais, hierarquizados de acordo com as prioridades estabelecidas pelo governo e em função das circunstâncias peculiares a cada momento da vida do país. [...] Hoje a diplomacia se orienta primordialmente para a magna tarefa de apoiar o desenvolvimento econômico e social. A política exterior mantém, assim, sua estrita coerência com o que é essencial para a projeção do Brasil no campo externo: os interesses permanentes do país e seus parâmetros culturais e éticos, bem como a melhor das tradições do Itamaraty, que é a de saber renovar-se para atender às exigências de cada momento histórico."

São da mesma palestra de Silveira estas palavras:

> "Se nossa política externa é marcadamente ecumênica, não esqueço que o comércio foi o primeiro fator de ecumenismo nas relações entre os grupos sociais. O comércio é, simultaneamente, componente, instrumento e objetivo de política externa. Iria longe desfiar essa complexa teia de vínculos e identidades entre diplomacia e comércio, importante é termos em mente que trabalhamos juntos com vistas aos mesmos objetivos de progresso econômico e social e de cooperação internacional. A função precípua das câmaras de comércio é a de localizar e favorecer o aproveitamento

> de oportunidade de intercâmbio e servir de apoio para a negociação e o entendimento que conduzem à comunhão nos benefícios econômicos das relações entre os povos. São as câmaras, em consequência, aliadas da ação diplomática, que consiste precisamente em explicitar as faixas de coincidências dos interesses dos países, maximizar sua exploração em proveito das respectivas populações, criar condições para que se traduza em empreendimentos concretos o imenso acervo de harmonia entre eles existente — condições também para anular aquilo que possa ser motivo de divergência em seu relacionamento."

Se me estendo na citação da palestra de Silveira é porque ela foi um marco importante na evolução da atitude da diplomacia brasileira no que se refere à promoção do comércio, um suporte conceitual valioso para o proveitoso entendimento que se logrou estabelecer entre empresários e diplomatas, para estes também um guia seguro, uma referência perene.

E — por que não dizê-lo? — cito o ministro Silveira porque seus conceitos do passado são deveras atuais. Difícil discordar, por exemplo, destas palavras, ainda do discurso de São Paulo, sobre os imperativos da cooperação econômica internacional, ontem e hoje:

> "Concebo o comércio internacional como uma combinação generosa de fluxos de bens e serviços, que deve aproveitar igualmente aos que dela participam. Não acredito em vantagens unilaterais ou descompassadas. Considero liminarmente condenada toda relação que não se fundamente em vantagens recíprocas para os que por meio dela vão ligar-se. O comércio deve ser uma forma e um

instrumento de cooperação, não um veículo de canibalismo econômico entre as nações. Não acredito em iniciativas solitárias; creio, sim, nos empreendimentos solidários. Temos arraigada a convicção, no Brasil, de que devemos crescer com as demais nações, jamais a suas custas, da mesma maneira que não admitimos que outras nações pretendam desenvolver-se a nossas expensas."

Colocações válidas e atuais, mas que podem parecer inesperadas, diante de tantos preconceitos ainda correntes com respeito à diplomacia.

Mas punhos de renda também exportam.

V MODERNIDADES ANTECIPADAS

ETERNO E MODERNO

No final dos anos 1970, em Belo Horizonte, perante diplomatas que participavam de um pioneiro curso de promoção de exportações, o competente e esclarecido secretário de Indústria e Comércio de Minas Gerais (e depois ministro da mesma pasta em Brasília), João Camilo Penna, tomou a palavra para celebrar a bem-vinda "transformação" da diplomacia, agora sim se ocupando de interesses concretos do país — ou seja, em sua visão, os da indústria e do comércio.

Em respeito às glórias passadas da diplomacia brasileira, tornou-se imperativo lembrar as palavras de Silveira sobre a tradição do Itamaraty de saber renovar-se; na verdade, o Ministério só fazia o que sempre fizera, ajustando-se às necessidades do país em cada momento histórico.

A título de ilustração vieram à baila palavras atribuídas ao grande poeta da terra, Carlos Drummond de Andrade, de que Minas Gerais, que sempre se quisera eterna, agora pretendia também ser moderna.

Para arrematar-se com a afirmação muito audaciosa de que o Itamaraty tem uma ambição ainda maior: a de ser eternamente moderno.

Haja retórica!

INTERNET ANTES DA PRÓPRIA. NO ITAMARATY!

Mas nem tudo era retórica. Na verdade, houve ocasião em que, além de "eternamente moderno", o Itamaraty pode ter sido moderno antes da hora.

Faz bem pouco que me defrontei com inesperado realmente desconcertante: ocorreu-me que a diplomacia brasileira pode ter montado e operado um equivalente da Internet antes da própria! Ante meu pasmo interior, consultei colegas mais esclarecidos nos mistérios da informática e tive confirmação de que a rede internacional que armáramos nas décadas de 1970 e 1980, para apoiar a promoção da exportação brasileira, configurara uma intranet anterior à Internet.

Explico:

Em fins dos anos 1970, o Itamaraty começou a montar, a partir de seu Departamento de Promoção Comercial, em Brasília, e do Brazilian Government Trade Bureau, em Nova Iorque, uma rede de terminais digitais de computação, interconectada por telefone e *acoustic couplers*. Instalados nos setores de promoção comercial de embaixadas e consulados, esses terminais permitiam a inserção, o armazenamento, a busca eletrônica e a recepção de informações sobre produtos exportáveis, empresas exportadoras brasileiras e importadoras em cada país, oportunidades de comércio e de participação em concorrências internacionais. A rede permitia acesso também ao pioneiro banco de dados do *New York Times*, bem como às informações comerciais da Dun & Bradstreet, sobre empresas individuais. Chamava-se, prosaicamente, Sistema de Processamento Eletrônico de Dados, mas na abreviatura — SPED — dava ideia de seu propósito acelerador, em inglês.

Era o que se chamaria hoje de intranet, pois era uma rede global de transmissão de uso compartilhado, habilitando:

> i) interconexão de diferentes sítios geograficamente dispersos para intercâmbio instantâneo de informações (sendo que no caso do Itamaraty isto se fez a nível internacional — muito mais ousado);
>
> ii) disponibilidade de comunicação 24 horas, sete dias por semana, mundialmente;
>
> iii) bases de dados uniformes e centralizadas, com alimentação e atualização descentralizadas;
>
> iv) garantia de segurança e confidencialidade dos dados e informações veiculados.

Tudo foi feito com muita dificuldade e abundante improvisação. No início da operação do sistema, o Itamaraty tinha cerca de noventa postos no exterior interligados por uma rede mundial de transmissão de dados, mas a "central", em Brasília, não tinha meios de conexão internacional! Resultado: a transmissão de dados se dava por terminais digitais entre todas as unidades no exterior, mas entre essa rede satélite e seu núcleo eles caminhavam em carretéis de fitas magnéticas carregados por malotes aéreos entre Brasília e Nova Iorque. Esta limitação só pôde ser superada depois que a Embratel inaugurou seus serviços de comunicação internacional de dados, com o Interdata, em meados dos anos 1980.

A instalação foi certamente trabalhosa, com diversos sobressaltos, mas o sucesso foi instantâneo. Os postos passaram a contar com um instrumento expedito e eficiente para processamento, transmissão e recuperação de suas informações de apoio às exportações. Por outro lado, em toda feira onde houvesse presença brasileira, presente estava também o terminal mágico, que emitia listas atualizadas a qualquer consulta de eventuais importadores.

Foi sem dúvida um empreendimento pioneiro, que consolidou a avaliação do Centro de Comércio Internacional (órgão estabelecido conjuntamente pela UNCTAD[23] e pelo GATT[24]) de que o sistema de promoção de exportações brasileiro era o melhor dos países em desenvolvimento. Em plano mais acima, contudo, ainda no início dos anos 1980, durante reunião em Paris, mesmo os dirigentes da entidade francesa encarregada da promoção de exportações nos surpreenderam com o anúncio de planos para um sistema de troca de informações ainda futuro e a seu juízo muito avançado e ambicioso (e que só conseguiriam implantar 15 anos depois). O então ministro Paulo Tarso Flecha de Lima, chefe do Departamento de Promoção Comercial, teve o gostinho de polidamente atalhar as fantasias inovadoras e um tanto arrogantes de

23 United Nations Conference on Trade and Development — Conferência das Nações Unidas sobre Comércio e Desenvolvimento (N. do E.).
24 General Agreement on Tariffs and Trade — Acordo Geral sobre Tarifas e Comércio (N. do E.).

seus interlocutores com o convite inesperado: "Se vocês quiserem ver isso aí já funcionando, venham comigo ali, ao Cours Albert Ier" (onde se encontrava a Embaixada e um dos terminais de nossa rede).

Entre o final dos anos 1980 e início dos 1990, entretanto, alguns outros países implantaram sistemas semelhantes, seguindo nosso exemplo — dentre eles países em tudo altamente desenvolvidos mas, no caso, subdesenvolvidos, atrasados com relação ao Brasil. Prova da qualidade da iniciativa brasileira foi também o fato de os técnicos nela envolvidos acabarem contratados pela companhia americana que dava suporte de comunicação e armazenamento de dados ao sistema. Como ainda o fato de que diplomata envolvido na implementação do projeto ter sido "requisitado" pelo CCI-UNCTAD-GATT como consultor para ajudar os governos de Hong Kong e do Egito a montarem suas respectivas redes de processamento de dados para a promoção comercial, bem como para ser o protagonista principal de seminário que organizou a fim de que os órgãos de promoção comercial dos países-membros do então Mercado Comum Europeu se inteirassem das possibilidades abertas por uma rede de transmissão de dados operando no exterior e vinculando seus postos com a sede central nas respectivas capitais.

O Brasil ensinando os europeus a exportar! Nos anos 1980!

Mas não ficou na informação comercial a utilidade inovadora do SPED.

Desde sempre, os postos do Itamaraty no exterior careciam de informação regular e confiável sobre o dia a dia do Brasil. Nos anos 1980, havia um boletim telegráfico, que chegava sempre tarde — lacônico, incompleto, bisonho. Jornais vinham eventualmente nos voos da Varig, para os postos em cidades que a empresa servia; vivamente disputados, a leitura era rigorosamente hierárquica: antes o embaixador, ou o cônsul, depois os demais funcionários diplomáticos, na ordem de antiguidade. O terceiro secretário os recebia em farrapos, recortados pelos leitores anteriores[25]. Para os demais funcionários, nem os buracos dos recortes sobravam. Revistas chegavam também pela Varig e, irregularmente, pela mala diplomática, cumprindo penosamente o mesmo ritual de cima para baixo.

Consolidado o SPED, ocorreu a ideia: por que não usar a rede tão bem-sucedida na promoção comercial para também transmitir informações diárias sobre o Brasil?

Depois de muita relutância das altas chefias da Casa, estabeleceu-se um prazo de seis meses para testar a inovação. De imediato os postos passaram a receber, às 9h da manhã — hora de Brasília —, diariamente, cópia integral de sinopse das notícias publicadas nos principais jornais do país, elaborado pela mesma agência que preparava a sinopse diária para o presidente da República. Foi uma revolução. Poucas inovações terão feito tanto para aproximar a

25 Não por menos, no rol dos sonhos de consumo de muitos dos novos diplomatas, quando removidos para o exterior, estava algum dos poderosos aparelhos de rádio especializados na captação de ondas curtas, em geral o venerável Zenith Trans-Oceanic. Minha ponte da Bélgica com o Brasil era de fabricação alemã, o sólido Grundig Satellit. Mas a recepção era sempre falha, insuficiente, e as emissoras captadas um tanto esdrúxulas; os colegas, esperançosos, chegavam a trocar dicas sobre as frequências mais promissoras. Nas noites de inverno em Bruxelas, minha única companhia acessível no Brasil era a da Rádio Difusora de Poços de Caldas, a ZYL-282 nos 1.250 KHZ.

periferia de seu centro, para fazer os satélites se articularem mais espontâneamente com o respectivo núcleo.

Em Washington, tínhamos duas horas de atraso no fuso, com relação a Brasília. Às 7h do dia inaugural, aguardei na beira do terminal o primeiro boletim, imprimi eu mesmo a peça histórica e a mandei para o embaixador, na Residência, cuidando também, democraticamente, de que cópias chegassem prontamente à mesa de todos os demais diplomatas do posto e fossem afixadas nos quadros de aviso, para conhecimento geral.

O embaixador me chamou logo ao chegar a seu Gabinete para dizer, comovido: "Pela primeira vez, em décadas de exterior, comecei o dia hoje informado e seguro — senti-me no mesmo tempo de meu país." Na verdade, antes do tempo: momentos depois recebeu chamada telefônica do Rio, de amigo que queria dar-lhe notícias importantes, como fazia habitualmente, e ele se deleitou em mostrar que das novas soubera aquele dia primeiro, apesar de tão distante, geograficamente, da pátria.

Por seis meses, invariavelmente às 9h de Brasília, o boletim esteve diariamente disponível em cada posto onde existia terminal do SPED. Findo aquele prazo, por motivos com os quais não conseguimos atinar, na época, nem agora (há quem suponha que ligados meramente a questões de política interna do Ministério), as altas chefias determinaram que a experiência com os boletins fosse encerrada.

Deu-se aí feliz inesperado. O fim do prazo coincidiu justamente com a votação das "Diretas já" no Congresso Nacional. No dia seguinte ao da votação, os funcionários no exterior aguardaram ansiosamente o boletim, a fim de saberem o resultado. Às 9h de Brasília, os terminais estavam acesos no mundo todo, impacientes. E a sinopse não veio. Os postos insistiram e mantiveram seus terminais teimosamente *on-line*, até que a rede caiu em razão de *overload*, causando protestos da empresa gerente da plataforma telefônica do SPED, pois a sobrecarga deste afetava outros importantes e estratégicos usuários (chegou-se a nomear a CIA[26] e a Nasa[27]).

Choveram então os telefonemas dos postos a Brasília, cobrando o boletim suspenso — muitas vezes com indignada aspereza. Houve mesmo a insinuação de que o Ministério estaria sonegando o resultado da votação aos postos — manobra autoritária, de censura e desinformação.

A pressão das bases foi tanta que as mesmas altas chefias tiveram que voltar atrás e autorizar a continuidade do serviço, que prosseguiu constante, pontual e indispensável, por anos e anos — graças às "Diretas já"! O boletim se tornou a primeira leitura diária dos diplomatas e, igualmente, das autoridades brasileiras em viagem pelo exterior, que se acostumaram a cobrá-lo das embaixadas e consulados, imperativamente. E os postos faziam boas relações públicas, distribuindo-o na comunidade brasileira em sua jurisdição. Até que sua utilidade se exauriu, em função das novas facilidades da Internet, da qual fora mui valente e atrevido precursor.

Na esteira da experiência adquirida com a intranet da promoção comercial, e usando a mesma plataforma telefônica, o Itamaraty introduziu, em 1987, o uso de correio

26 Central Intelligence Agency — Agência Central de Inteligência (N. do E.).

27 National Aeronautics and Space Administration — Administração Nacional do Espaço e da Aeronáutica (N. do E.).

eletrônico internacional para a transmissão de telegramas e outros dados entre Brasília e todos os postos no exterior. Com certeza foi também uma ação pioneira, mesmo entre os serviços diplomáticos. Basta lembrar que, na época, ainda não existia o Windows para os microcomputadores (só se usava o DOS da Microsoft). E muito menos aplicativos de correio. Era só telex, o fax apenas começava — e o Itamaraty se lançou na empreitada futurista do correio por dados. Que deu certo.

"Part of it, proud of it" — orgulho que a descoberta inesperada da antecipação à Internet só faz reacender, reconfortante, reparadora[28].

28 Agradeço a Michael Neele, Fred Carvalho e Luiz Gilberto Andrade por me terem ajudado a relembrar dados sobre o SPED e saudosos episódios a ele ligados. E também, por dever de consciência, aos que me teriam recordado mais, tivesse eu meios de contatá-los, protagonistas essenciais de nossa saga pré-Internet: o cítrico Eziel Fernandes, a Cândida Borges, o Roberto Hall. Obrigado também a Carlos Átila, inspiração primeira e brilhante de tanta coisa boa daqueles tempos pioneiros, e a Guilherme Leite Ribeiro, que deu os primeiros passos para o lançamento do sistema no Brazilian Government Trade Bureau, em Nova Iorque. E, sobretudo, claro, muito obrigado a Paulo Tarso Flecha de Lima, propulsor inicial e incansável da ideia, por ter-nos dado a todos a oportunidade de participar de tal aventura, desbravadora e gratificante.

OS PRIMEIROS CÍTRICOS DA EXPORTAÇÃO

A menção a Eziel Fernandes, cítrico, na crônica anterior, tenta-me a tomar liberdades e proclamar, abusando do inesperado: com o tempo, o Brasil passou a ser o maior exportador mundial de sucos cítricos, mas os primeiros cítricos da exportação foram cultivados no Itamaraty.

Alucinação? Não. Só um jogo de palavras, admito que de gosto duvidoso — como em geral acontece com os trocadilhos.

Sim, tivemos cítricos pioneiros da exportação.

Cítrico era a denominação afetuosa do participante dos Citre — os Ciclos de Treinamento de Especialistas em Promoção de Exportações. Outra inovação brasileira que chamou a atenção do Centro de Comércio Internacional — e de muito mais gente, mundo afora.

O Brasil passava a ter o que exportar, mas não contava ainda com quem exportasse, ou ajudasse tecnicamente na exportação. Era patente e crítica a carência de recursos humanos para o comércio exterior — lacuna típica do subdesenvolvimento que se procurava superar. Por outro lado, era difícil conseguir, também, pessoal estrangeiro qualificado para guarnecer os Setores de Promoção Comercial que se começava a instalar em embaixadas e consulados em todo o mundo.

Ocorreu então a ideia dos Citre: gente já no mercado de trabalho, mas há pouco saída da Universidade, selecionada em exigente concurso (fase 1: recrutamento), passava por um treinamento intensivo para o exterior (idiomas, comércio internacional, *marketing* etc.), de seis meses, no Itamaraty e no Centro de Treinamento para o Desenvolvimento Econômico — Cendec, da então Secretaria de Planejamento da Presidência da República (fase 2: treinamento no Brasil), e era então mandada aprender exportação *on the job* (fase 3: treinamento em serviço no exterior), estagiando por dois anos, improrrogáveis, nos setores de promoção comercial em embaixadas e consulados que escolhiam eles próprios, cítricos, pela ordem rigorosa de sua classificação no curso do Cendec, a partir de uma lista elaborada de acordo com as necessidades do Itamaraty e da capacidade de cada posto de tirar partido do estágio e de oferecer aos estagiários uma experiência realmente proveitosa de comércio exterior. Ao final dos dois anos, regressavam ao Brasil, a fim de se reincorporarem ao mercado nacional de trabalho (fase 4) e nele colocarem a serviço da exportação brasileira o que haviam aprendido em seu período de exterior.

Não era emprego; era treinamento, estágio. O sustento e o bem-estar dos participantes era assegurado não por remuneração, mas sim por bolsas e o amparo de seguro indispensável.

Ganhavam as empresas exportadoras uma mão de obra aprimorada, com vivência de exterior e experiência direta do mercado. Ganhava o Itamaraty recursos humanos de alta qualificação e motivação, que de outra forma não teria para equipar suas unidades de suporte à incipiente exportação. Ganhavam todos com a aplicação na formação de recursos humanos brasileiros de recursos que seriam normalmente despendidos na contratação de técnicos no exterior — em princípio estrangeiros. Ganhavam empresas e Itamaraty, ainda, pelo que na época se costumava chamar "fertilização cruzada", o inovador e criativo intercâmbio de experiências e ideias entre os setores público e privado de nosso comércio externo — intercâmbio do qual os cítricos se tornaram vetores valiosos ao trafegarem de um para outro e estabelecerem pontes de fluida comunicação entre os dois segmentos.

Sete ciclos completos se cumpriram, com trinta meses cada, nas décadas de 1970 e 1980. No final dos anos 1990, tive curiosidade de saber como estavam os cítricos — pessoal e profissionalmente, no mercado nacional de trabalho. Consegui localizar algumas dezenas deles, disseminados em empresas de todo o país — alguns altos executivos de empresas de porte. Seu depoimento era deveras positivo com relação ao efeito do treinamento sobre suas carreiras e em termos de benefício para a exportação brasileira.

Os cítricos, que sempre mostraram um sentido intenso e coletivo de missão em proveito do país, não haviam murchado com o tempo e com a vida. Menos um, que reclamava que o Itamaraty não lhe havia dado emprego ao final do estágio.

Parece que não havia entendido nada. Ácido como a fruta, e mal-amadurecido.

BRASÍLIA DE MARCHA A RÉ

No segundo quinquênio dos anos 1980, a diplomacia latino-americana teve o apoio eficaz de diversos agrupamentos regionais, ágeis e informais: o Grupo de Contadora (Colômbia, México, Panamá e Venezuela), depois o Grupo de Apoio a Contadora (Argentina, Brasil, Peru e Uruguai), mais tarde, ainda, o Grupo dos Quatro + Quatro (os mesmos países citados), logo somados no Grupo dos Oito, eventualmente transmudado (no nome e nos objetivos) no Grupo do Rio.

O propósito original fora o de promover a paz na Nicarágua e em suas relações com os vizinhos centro-americanos e os Estados Unidos. Mas impossível é ignorar que naqueles grupos se desenharam novos modelos de entendimento político e diplomático no continente. Mudaram as comunicações entre os países, antes dependentes das raras e pesadas viagens oficiais dos presidentes ou chanceleres. Estes passaram a conversar por telefone, ou nos repetidos encontros dos sucessivos grupos, e quanto assunto binacional não foi encaminhado e arrematado, quanta pendência não foi resolvida com naturalidade em amáveis conversas paralelas aos encontros dos Oito, ou do G-RIO, sem recurso a negociações formais, mediações ou arbitragens, estas substituídas pelo acompanhamento atento e amistoso, embora discreto, dos colegas dos grupos. Se a Nicarágua e a América Central devem aos Oito a sustentação da paz, a ambas deve o continente progressos notáveis nos mecanismos de seu entendimento interno. Ao cabo, os objetivos do Grupo do Rio já ultrapassavam em muito os de Contadora.

Nas sucessivas viagens que tais encontros exigiam, tornou-se hábito o chanceler brasileiro e sua equipe viajarem num bimotor turbo-hélice *Brasília*, do Grupamento de Transporte Especial da FAB[29]. Àquela altura o topo da linha da Embraer[30], era (ainda é) um esplêndido avião, estável, seguro, econômico e confortável. As perdas em matéria de velocidade e, talvez, de conforto, no confronto com as alternativas comerciais, eram de sobra superadas pela flexibilidade no emprego da aeronave e, sobretudo, pela sensação estimulante de se estar mostrando nas Américas uma bandeira significativa da melhor tecnologia e indústria brasileira. O ministro Abreu Sodré esteve com o *Brasília* no Equador, na Colômbia, na Venezuela, em Cuba, na Argentina, no Uruguai, no Suriname. Alguns chanceleres da região, como o do Uruguai e depois presidente do BID[31], Enrique Iglesias, tornaram-se caronas habituais.

Certa feita, o valente e versátil avião foi protagonista decisivo no que poderia tornar-se delicado incidente político. Reuniu-se o Grupo dos Oito em cidade do interior de país-membro. A ocasião não era a mais favorável: o início da Semana Santa. Avançados os trabalhos, na segunda e na terça-feira, os chanceleres decidiram terminar o encontro em tempo para regressarem a suas pátrias, e famílias, antes da quinta-feira. Atento ao interesse da

29 Força Aérea Brasileira (N. do E.).
30 Empresa Brasileira de Aeronáutica (N. do E.).
31 Banco Interamericano de Desenvolvimento (N. do E.).

comunidade local em contar por mais tempo com a presença ilustre dos ministros estrangeiros, o chanceler anfitrião tudo fez para estender a duração do encontro, Semana Santa adentro. Uma das razões que mencionou era a de que não haveria transporte aéreo para fora da cidade senão dias depois.

Os chanceleres visitantes se lembraram logo do confiável *Brasília*, e vieram pedir carona a Abreu Sodré, que pôde, com gosto, acomodá-los, lotando a aeronave.

Na madrugada da viagem, contudo, enviado do chanceler local, constrangido, veio pedir carona também para seu chefe. Havia rumores de movimento militar na capital, e o ministro fora chamado de regresso, com urgência. Sua Aeronáutica negava-se a transportá-lo e, sem meios próprios para viajar em seu próprio país, apreciaria poder fazê-lo com os colegas cuja partida antes desencorajara. Funcionário brasileiro foi designado para permanecer em terra, esperando outro meio de transporte, a fim de abrir-se espaço para o ilustre passageiro de última hora.

No aeroporto, entretanto, houve problemas. O comando aeronáutico local relutou em autorizar a decolagem, com sete chanceleres já a bordo e ansiosos por partir. Alegava não poder aprovar plano de voo, em virtude dos riscos criados pelo suposto movimento militar no espaço aéreo do país. Mais, resolveu manter um caminhão-tanque estacionado rente ao nariz da aeronave, para que não pudesse decolar. De nossa parte, argumentávamos que já tínhamos para o trajeto a percorrer o plano de voo aprovado pelo governo local antes da saída do avião de Brasília.

O piloto, todavia, impacientou-se ante a demora dessa negociação "diplomática", mandou atar os cintos e lançou aquela frase tão ao gosto de nossa decidida FAB:

— Deixa comigo!

E não fez por menos: acelerou os motores. Num átimo o avião começou a mover-se, agilmente. Mas para trás, de marcha a ré! Ante o olhar pasmo do pessoal de terra, afastou-se do obstáculo inflamável e numa elegante manobra ganhou espaço, retomou a marcha a frente e rapidamente dirigiu-se para a pista, decolando sem incidentes.

Com o olho no mercado da aviação regional norte-americana, nos congestionados parques de estacionamento de seus aeroportos e nos custos da tração por equipamento de terra, a Embraer concebera o *Brasília* com a rara capacidade de mover-se para trás por conta própria. Especificação inesperada e providencial, nas circunstâncias, que a todos assombrou, a bordo e em terra.

BANDEIRANTES EM PAPUA NOVA GUINÉ

Ao receber minhas credenciais em Port Moresby, nos anos 1990, o governador-geral de Papua Nova Guiné estendeu-se na enumeração dos avanços econômicos e tecnológicos brasileiros. Ao final, expressou a esperança de que seu país pudesse beneficiar-se de assistência técnica nossa, em escala assaz ambiciosa. Preocupado em evitar a geração de expectativas que não poderíamos satisfazer, procurei qualificar nossos progressos, referindo os contrastes entre setores de economia e tecnologia avançadas e áreas críticas de subdesenvolvimento social. Ele atalhou prontamente minha cautelosa modéstia:

— Mas vocês fabricam o Bandeirante!

O alto comissário da Austrália, a ex-Metrópole, poderoso vizinho, me falaria também do prestigio do bimotor no país e, mesmo, da hipótese de a Air Niugini, a empresa aérea estatal, optar pelos modelos mais modernos da Embraer — o jato EMB-145 — para substituir seus obsoletos Fokker. O presidente da Câmara de Comércio de Port Moresby logo me disse, ao ter início nosso encontro, que havia sido piloto, e recordou com emocionado carinho as "duas mil horas" que voou em Bandeirantes, "sem qualquer dificuldade, nenhuma pane".

Papua Nova Guiné depende enormemente dos aviões para os transportes internos e com as ilhas-nações vizinhas

— inclusive a própria Austrália. São escassas as rodovias e o relevo é extremamente montanhoso; Port Moresby, a capital, não estava ligada por nenhum caminho terrestre com o restante do território.

Nos países que não nos conhecem, em geral a menção ao Brasil lembra prontamente Pelé. Em Papua Nova Guiné, Pelé é conhecido, mas a primeira associação com o Brasil era o Bandeirante. A popularidade do modelo é impressionante. Em Port Moresby encontrei os dois primeiros volumes da série de três, belamente ilustrada, com a história da aviação em Papua, de autoria de Ian Sinclair. Na Austrália fui encontrar o terceiro volume, relativo à "modernidade", e lá se encontrava, na capa, como amostra principal da aviação de nossos tempos, nada menos que o avião pioneiro da Embraer, em rebuscada pintura. A série tem o título "Balus" — aeronave num dos principais dialetos locais.

A saga do Bandeirante na Oceania teve início, por sinal, em voo épico. À data aprazada para a entrega, dois pilotos australianos apresentaram-se em São José dos Campos para receber o primeiro Bandeirante vendido pela Embraer para aquele continente. A empresa tinha o avião preparado, e pronto também o plano para os procedimentos de entrega, que tomariam diversos dias. Os pilotos, contudo, tinham pressa: para tirar partido de subsídio governamental, precisavam entrar com o avião na Austrália até a meia-noite de certa data-limite, três ou quatro dias depois.

Na pressa, a Embraer providenciou alguns tanques suplementares para a longa travessia e resolveu-se que o treinamento dos pilotos seria dado a bordo mesmo, *on the job*, por instrutores da fabricante, na perna inicial da odisseia, entre São José e Santiago do Chile. O que foi feito. A Armada chilena, que já possuía diversos Bandeirantes na versão patrulha, deu solidário apoio à tripulação australiana e permitiu que o avião decolasse de base militar em ilha oceânica, para encurtar o trecho crucial até Papeete, no Taiti, sobre o Pacífico. O voo era longo, tomaria todo o dia e o pequeno bimotor tinha que concluí-lo antes do pôr do sol.

Acabou chegando no limite absoluto — não no lusco-fusco, mas já "no fusco" terminal, segundo a piada da época, de alívio, na Embraer. De Papeete o avião seguiu sem incidentes para a Nova Zelândia e a Austrália, onde aterrissou, em Queensland, duas horas antes de expirar o prazo do subsídio.

Dez anos depois encontrei, em Brisbane, quem ainda se lembrasse da chegada do Bandeirante inaugural e das circunstâncias peculiares de seu voo memorável.

VI FRONTEIRAS INEXISTENTES

ORIUNDI BRASILEIROS NO URUGUAI

Não obstante o ressaibo ocasionalmente amargo de momentos antagônicos do passado, há simpatia patente e espontânea entre uruguaios e brasileiros, a qual se traduz com naturalidade no relacionamento cotidiano — e não só na fronteira, onde a convivência estreita, amistosa e solidária configura padrão talvez singular no mundo. Ali aprendi que "solo quién vive en la frontera sabe que la frontera no existe". As famílias se estendem e integram com naturalidade de um e outro lado do linde. São incontáveis os exemplos históricos de ilustres parentescos, e há vínculos do passado com relevantes expressões contemporâneas — às vezes inesperadas.

O ex-chanceler Sérgio Abreu é descendente direto do marechal José de Abreu, barão do Cerro Largo, herói brasileiro das guerras da Cisplatina, que faleceu em luta contra argentinos e uruguaios em Passo do Rosário, ou Ituzaingó. Morreu de fogo amigo, alcançado por bala brasileira, em incidente estranho da confusa batalha. A cavalaria de Abreu mesclou-se com a de Lavalleja, formando uma massa confusa, que acabou resvalando no terreno em direção a uma formação de infantaria brasileira. O comandante desta, general Calado, não teve alternativa senão a de atirar. Na carga morreram muitos uruguaios e brasileiros, lado a lado, entre eles o barão, que completava sua 19ª batalha contra os vizinhos do

Sul[32]. "Foi preciso uma bala brasileira para acabar com o velho e legendário Barão do Cerro Largo!"[33]

Por mim convidado e por determinação do presidente Lacalle, Abreu foi oficialmente a Alegrete, cidade fundada pelo tataravô, e homenageou o antepassado perante o busto existente no 6º Regimento de Infantaria Blindada, ali sediado e denominado justamente "Regimento José de Abreu". Reciprocamente, recebeu solenes honras militares de toda a guarnição da cidade e homenagens da Prefeitura e da Câmara de Vereadores.

As cerimônias tiveram perfeito transcurso, apesar dos aspectos decerto delicados de uma homenagem que envolvia um ministro de Relações Exteriores uruguaio e antepassado protagonista destacado de sangrentas lutas contra seus compatriotas. Do ponto de vista diplomático, apenas foi motivo de passageiro susto, para o chanceler e o chefe do Posto, que o acompanhava, aguerrido discurso de vereador de Alegrete, que começou a evocar, em oratória grandiloquente, as glórias gaúchas nas duras batalhas travadas por brasileiros, argentinos e uruguaios na região da fronteira. Sua conclusão foi no entanto inteligente e pacificadora: os gaúchos do Brasil, do Uruguai e da Argentina são, todos, a mesma gente, irmãos e amigos de igual origem, equivalente formação e aspirações afins; se lutas um dia tiveram foi porque os "imperialismos ibéricos e inglês" os manipularam perversamente.

32 *Aspectos geopolíticos do Rio Grande do Sul antes e durante o tempo de José de Abreu*, estudo mimeografado do 6º Regimento de Infantaria Blindada.

33 *Os mercenários do imperador*, Juvencio Saldanha Lemos, Porto Alegre, 1993, p. 207.

Como Abreu se queixasse de que Lacalle às vezes zombava daquelas origens brasileiras, que desvirtuariam sua essência uruguaia, sugeri que lembrasse o então presidente de que tampouco estava isento, ele, de um passado brasileiro: seu avô, grande patrono e guia político, Luís Alberto de Herrera, fundador da corrente "herrerista" que liderava no Partido Nacional, teve uma tia-avó (Rosa de Herrera) casada nada menos do que com Lecor, o vilipendidado opressor e por muitos anos comandante luso-brasileiro da ocupação da banda oriental. Abreu ignorava aquele pouco difundido laço e me disse, com irônico regozijo, que não deixaria de recordá-lo ao presidente. O chanceler me contou depois que de fato comentou o inefável vínculo com Lacalle, que admitira dele haver registro na memória da família. Teria então observado: "Nadie es perfecto..."

Também Sanguinetti, duas vezes presidente, tem ascendência brasileira: por parte de mãe (Cairolo) é bisneto de Chiquito Saraiva, *lanza brava* das lutas entre *blancos* e colorados em fins do século XIX, que também combateu no Brasil, ao lado dos irmãos Gumercindo Saraiva e Aparício Saraiva, nas revoluções federalistas dos anos 1990. Aparício se transformaria no grande líder *blanco* do Norte uruguaio e paladino daquele partido na rancorosa confrontação armada e política com os *colorados*, nos quais se integra o descendente contemporâneo.

Essa ascendência de Sanguinetti era pouco conhecida no Uruguai. Eu próprio dela só tivera ciência por publicação secundária, de circunstância e escassa circulação (*Los presidentes del Uruguay*, Montevidéu, 1990). De passagem por Porto Alegre, contudo, em 1995, o presidente não apenas proclamou seus vínculos com os

Saraiva brasileiros, como também chamou atenção para o lado *blanco* em sua genealogia — ele, líder do Partido Colorado, a facção rival desde os primórdios da nação uruguaia. O imperativo da "coalizão" dos partidos tradicionalmente antagônicos, ante a iminente "tripartição" — àquela altura — do poder político no país, pode ter dado a oportunidade para se aflorarem circunstâncias do passado talvez antes politicamente incômodas.

SANTANA VS. RIVERA

Antonio Brito foi a Montevidéu como governador do Rio Grande do Sul. Teve tratamento praticamente de chefe de Estado, pelo que esse estado do Brasil significa para os uruguaios e também pelo carinhoso apreço que estes tinham pelo visitante, como pessoa e político.

Na verdade, os uruguaios cultivavam com gosto a versão de que Brito nascera no Uruguai, em Rivera e não na vizinha Santana do Livramento, onde foi registrado. À altura de seu nascimento, o melhor médico estaria do lado uruguaio e lá é que a mãe de Brito teria ido dá-lo à luz — escolha corriqueira na fronteira, que a ninguém embaraça. Mas causou algum constrangimento político ao governador observação do presidente Sanguinetti, em programa da TV gaúcha, de que a convivência em Santana e Rivera era tão próxima que seria difícil saber se Brito havia nascido de um ou de outro lado da fronteira.

Na viagem a Montevidéu, em entrevista coletiva na Embaixada, os aguerridos jornalistas gaúchos resolveram encostá-lo na parede:

— Montevidéu é o melhor lugar para o senhor esclarecer de uma vez por todas: definitivamente, onde é que o senhor nasceu, em Santana ou em Rivera?

Brito não se perturbou e respondeu, firme e taxativo:

— Eu nasci em Santana e disso muito me orgulho!

Deu um tempo e arrematou a frase, no mesmo tom:

— Mas aproveito a oportunidade da pergunta para proclamar: tivesse nascido em Rivera, meu orgulho não seria menor!

Não por menos Tancredo Neves havia escolhido Antonio Brito para ser seu porta-voz.

A PONTE DE QUARAÍ EXISTE?

Juiz da Corte Suprema uruguaia contou-me certa vez anedota de sua experiência de magistrado muito curiosa e significativa das singularidades do convívio de fronteira Brasil-Uruguai. Décadas antes, fora juiz em Artigas. Entre esta cidade uruguaia e Quaraí, localidade brasileira do outro lado do rio do mesmo nome, havia modesta ponte, construída por iniciativa conjunta das comunidades das duas margens. "Más bien una calzada" — comentou —, obra cujas ruínas por muito tempo foram ainda visíveis do topo da moderna Ponte da Concórdia, que a substituiu. Ocorreu ali um atropelamento. Não tiveram como determinar, os juízes e amigos de Artigas e de Quaraí, a quem caberia a jurisdição sobre o acidente. Combinaram, então, consultar a respeito as respectivas chancelarias.

O Itamaraty teria respondido, didaticamente, que, não havendo um instrumento internacional, firmado pelos governos centrais, que autorizasse a construção da ponte e estabelecesse precisamente seu estatuto, a ligação não existia como figura jurídica, o que tornava impossível determinar os limites de jurisdição. A Chancelaria uruguaia teria sido menos paciente, respondendo na mesma direção mas por meio de uma pergunta lacônica:

— Qué puente?

O episódio é significativo de uma das categorias de dificuldades de harmonização entre a regra e o fato que com frequência ocorrem na fronteira: para regular relações íntimas de comunidades tão próximas e afins, certas normas devem emanar de poderes geograficamente distantes e de sensibilidade política por vezes também remota diante de problemas locais.

Quaraí é palco para outro exemplo do gênero. Ativa charqueada se estabeleceu na cidade brasileira para produzir carne de exportação, pelo Uruguai, para a África, Cuba, e... o Brasil. O abatedouro, imenso, chegou a processar mil animais por dia, e seu produto era transportado por meio de um cabo aéreo, sobre o rio, para Artigas, de onde havia escoamento fácil e econômico, por via férrea, até Montevidéu, e dali, por navio, para o mundo — inclusive o Brasil. A fim de proteger a indústria nacional do charque, contudo, o governo brasileiro estabeleceu severas restrições às importações do produto. A indústria nacional de Quaraí, que não podia vender diretamente no próprio país em razão da insuficiência de meios internos de transporte, faliu espetacularmente. Até hoje podem ser vistas as ruínas da fábrica perversamente "protegida" — penosamente monumentais.

Monumentais, também, em sua perturbadora lembrança, os restos das fundações do antigo caminho aéreo entre as duas margens do Quaraí.

— Qué camino?

DE CRISTAIS E ALGODÕES

As metáforas podem comandar a política, mesmo a história. O Uruguai foi batizado por Lord Ponsonby, ao nascer, em 1828, como "um algodão entre dois cristais" — um "estado-tampão" (outra metáfora) entre o Brasil e a Argentina, com respeito aos quais sua política externa oscilaria como um "pêndulo" (haja metáfora!). Na década de 1980 surgiu a imagem mais altiva e vigorosa do Uruguai "bisagra", a dobradiça indispensável para articular o Brasil e a Argentina em seus esforços de integração regional.

Pode-se questionar a validade e a consistência histórica desse suposto papel amortecedor e articulatório, nele igualmente implícita a vocação para uma política externa calculadamente "pendular". Pode não ser essa, tampouco, a percepção dominante nos demais vértices do falacioso triângulo, no Brasil ou na Argentina (para começar, não é a minha). Mas gerações sucessivas de uruguaios acreditaram nesses clichês quase que como a expressão retórica de seu destino nacional[34].

Fiéis ou enganosos, os clichês históricos teriam servido para dar ao Uruguai o sentimento de uma certa independência nas relações com o Brasil e a Argentina — a confiança de que, embora territorialmente menor, dispunha

34 "No hay uruguayo que no sepa, en el fondo del corazón, que Uruguay nació a la Historia como 'Estado tapón' ". Alberto Methol Ferré, *Uruguay como problema*, Diálogo, 1967.

de um espaço político-estratégico que lhe permitia manobrar junto a um e outro vizinho, ou entre eles, habilitando-lhe defesa suficiente de seus interesses nos confrontos eventuais. Mais intimamente na psicologia local, a suposta condição de *tertius* independente e indispensável talvez tenha mesmo gerado uma vaga veleidade de supremacia sobre brasileiros e argentinos — singular hegemonia de país menor, fundada na presunção de sua necessidade para os maiores, na suposição de uma certa capacidade de mediação/ingerência e na certeza da intocabilidade.

A notável aproximação entre o Brasil e a Argentina, na segunda metade da década de 1980, comprimiu o espaço para as manobras do hipotético pêndulo uruguaio, confundindo sua geometria maniqueísta e gerando perturbadoras ansiedades no país, a juízo de muitos uma autêntica crise de identidade nacional[35].

Não só o pêndulo se imobilizava. À falta do que separar e amortecer, também murchava a imagem batismal de Lord Ponsonby, do algodão entre cristais. Temia-se no Uruguai uma aproximação bilateral dele excludente, e não se escondiam preocupações, ciúmes e ressentimentos — que brasileiros e argentinos logo buscaram fraternalmente abrandar, abrindo caminho para a participação do vizinho no Tratado de Assunção e no Mercosul.

35 Estas frases do mesmo Alberto Methol Ferré, embora de data anterior, seriam pertinentes nesse contexto: "Qué significa entonces el Uruguay como Estado tapón? Qué taponéa y para qué? Al variar los contextos históricos varia su significado? Acaso ha dejado de ser Estado tapón? Acaso sus funciones son otras? [...] Es en ese sentido que entendemos la pregunta primordial sobre Uruguay en Latinoamérica y el mundo. Es, además, la pregunta que condiciona todas las preguntas." Op. cit.

Nesse meio-tempo, numa conversa amena entre colegas sobre medidas em favor do parceiro inquieto e queixoso, houve quem recorresse aos chavões históricos, lembrando que, afinal, o Uruguai talvez não merecesse mais tanta atenção dos vizinhos, uma vez que sua relevância regional perdera a substância medianeira, como algodão entre cristais. Sem muita convicção, embora o bastante para que outro amigo discordasse também feio na retórica, mas em boa causa:

— Por isso mesmo temos de fazer alguma coisa. O Uruguai não é mais o algodão entre dois cristais. Ele passou a ser um cristal entre dois algodões! E os algodões somos nós!

BOLÍVAR TOMA AS DORES DO IMPÉRIO

Como embaixador em Caracas e em Montevidéu, tive oportunidade de bem aquilatar a improcedência de clichês quase mecanicamente aplicados à interpretação de momento crítico da história do continente sul-americano, na disputa entre Brasil e Argentina a propósito da Cisplatina. É comumente aceito que Simón Bolívar, depois de seus encontros com Carlos Alvear e Díaz Vélez, em Potosí, dispôs-se a ir em auxílio dos argentinos, fazendo também a guerra ao Brasil. Fatores difusos, vagamente alardeados, como a oposição de Santander e do Congresso de Colômbia, bem como vigilante mediação inglesa, justificariam não haver-se consumado o engajamento do Libertador em campanha que poderia ter mudado dramaticamente a configuração política e estratégica do continente, conflagrando, talvez, simultaneamente, tanto os Andes como o Prata, a Amazônia, a Orinoquia e o Caribe, em disputas de imprevisíveis desdobramentos, precocemente traumáticas para o desenvolvimento futuro do Brasil e das demais nações recém-emancipadas do jugo ibérico.

Por mais corrente e tolerada, tal versão não parece ter fundamento, ou contra ela haveria muito a alegar. Ainda em Caracas, topei, perplexo, com texto que não conhecia, ao que tudo indica pouco divulgado (embora o tenha visto em duas obras: o *Imperador de los Andes*, de Carlos Valenzuela, e o mais recente *Bolívar visto por sus contemporáneos*, de José Luís Busaniche), e que sugere justamente o contrário da informação histórica convencional. Em Potosí, as simpatias de Bolívar poderiam terse inclinado, a rigor, mais para o Império do que para Buenos Aires; ali, a seu bom senso diplomático, apesar dos ímpetos do guerreiro, pode haver-se devido o não agravamento da questão da Cisplatina.

Nos primeiros dias de fevereiro de 1826, na mesma data de seu regresso de Potosí (onde recebera a Missão Alvear e Díaz Vélez, no precedente mês de outubro), assim se expressou Bolívar perante o cônsul-geral inglês em Lima, Ricketts, nas palavras de seu interlocutor[36]:

> "Lamentou-se em extremo por ver Buenos Aires comprometida numa guerra com o Brasil, guerra que poderia qualificar-se de injustificável e imprudente, porque, a despeito da equidade que poderia existir em suas queixas posteriores pela anexação da banda Oriental ao Brasil, a paz deveria ter sido sua consideração suprema. Ademais, seus recursos fiscais eram muito escassos, o país não estava assentado, suas forças militares não eram consideráveis e carecia de Marinha; e que, enfim, só a necessidade deveria tê-los engajado a entrar em hostilidades com um Estado irmão. Injustificável porque o imperador nada fez aparentemente para ofendê-los, porque o Brasil em todo caso tinha direito a conservar as províncias até o pagamento das reclamações que apresentara; porque se havia solicitado a mediação do governo de Londres, cuja decisão não se conhecia ainda; porque Buenos Aires havia provocado o imperador a uma declaração de guerra.

36 Livre tradução do autor

> Dito isto, aduziu que não havia ninguém mais decidido do que ele para defender a integridade territorial de um Estado, como o provara no assunto da invasão de Chiquitos pelas tropas brasileiras. Mas que, ao apresentar o Imperador as satisfações necessárias, cessaram de imediato os sentimentos de hostilidade levantados contra esse monarca. Mas, como podia esperar Buenos Aires — disse — que seus aliados o ajudassem em uma causa tão desprovida de justiça? Como conservar a paz na América do Sul, tão necessária ao bem-estar geral, quando a rivalidade entre vizinhos e os propósitos particulares eram a base das hostilidades? O Brasil é um dos Estados da América do Sul e não tem menos títulos que qualquer outro deles à consideração e justiça dos demais, pelo simples fato de ter adotado um governo monárquico, em lugar de republicano. Todo sistema de governo é bom desde que seja útil ao povo e não ofenda a seus vizinhos."

Concluiu dizendo que "no momento atual se inclinava a pensar que o governo monárquico do Brasil era melhor, ou ao menos mais eficaz, do que o federal de Buenos Aires".

Conversei sobre esse texto com colegas de melhor conhecimento histórico, que se surpreenderam como eu. Embora vivamente tentado, preferi não me referir a seu teor em conversas e palestras na Venezuela, levando em conta a sensibilidade histórica do episódio nas relações entre o Brasil, os platinos e os bolivarianos. É bem verdade que nunca me foi colocada, em Caracas, a suposta quase-aliança de Bolívar com as Províncias Unidas contra o Brasil.

Vale, porém, notar que já em minhas despedidas da Venezuela o respeitado historiador, e ex-embaixador no

Brasil e no Reino Unido, J. C. Salcedo-Bastardo, me falou também do relato do cônsul britânico. Comentou que se tratava de documento esclarecedor do papel exercido pelo Brasil nos primórdios da história sul-americana e enaltecedor do respeito do Libertador por nosso país. Em tom de brincadeira, mas com preocupação sincera, observei ao historiador-diplomata que o que é bom na história passada nem sempre o é na diplomacia contemporânea. Declarou-me, no entanto, que pretendia publicar livro com os registros de Ricketts, acompanhados de comentários seus acerca das verdadeiras intenções de Bolívar com respeito ao Império, a Buenos Aires e à Cisplatina. Ignoro se o fez. Terá seguido adiante em seu propósito? Recordo-me de haver dito que pretendia usar fac-símiles dos originais, de posse do Foreign Office, os quais assegurariam a perfeita fidelidade do pensamento do Libertador, cuja rubrica figuraria, segundo ele, nas anotações do cônsul na entrevista de Lima.

Tal autenticidade se pode, aliás, inferir de significativa correspondência entre Bolívar e Canning — carta deste com data de 30 de março de 1826 (significativamente, pouco mais de um mês após o encontro de Lima) e resposta do Libertador datada de 22 de novembro do mesmo ano.

Canning se referia à mediação que empreendia entre Brasil e Argentina, observando, num patente convite (ou encorajamento) à perseverança de Bolívar em sua apreciada neutralidade:

> "[...] não me atrevo a afirmar se nossos conselhos são bem recebidos por algum ou ambos beligerantes. Mas espero que suceda o que desejamos. E não confio menos na cooperação

de V.Exa. em recomendar o fim das hostilidades entre as partes em conflito, e em vossa continuada abstenção de toda intervenção numa contenda cujo pronto término há de ser o primeiro objetivo, e o segundo, impedir que se estenda mais além dos limites a que está reduzida no presente."

Na resposta de 22 de novembro, Bolívar diz a Canning que "são eminentemente sábias as indicações que V.Exa. apresenta sobre a paz que haveremos de conservar quando a tenhamos obtido. E as boas relações que devemos estabelecer com nossos vizinhos do Brasil e outros Estados." Preocupa-se em salientar, porém, que sua posição já vinha de antes da missiva-conselho do interlocutor britânico:

> "Antes que V.Exa. confiasse em meus sentimentos favoráveis à tranquilidade dos novos Estados, eu já havia dado passos bastante conformes com a política britânica. Espero que V.Exa. haja recebido provas desses sentimentos por intermédio do senhor Ricketts, cônsul-geral em Lima. Com uma confiança incomum me expressei sobre os negócios do Brasil e de Buenos Aires; porque eu temia que os sucessos do Rio da Prata repercutissem na Bolívia e no Peru. E certamente não temia a espécie de ordem que o governo imperial do Brasil há de procurar para seu país. Porque a tendência de uma República vai para a anarquia, que eu considero a demência da tirania."

Bolívar lembra e homologa, pois, ante Canning, suas declarações a Ricketts, feitas "con confianza no común".

Os textos citados mostram Bolívar inesperadamente muito mais simpático ao Brasil e a sua forma de governo, unitária e monárquica, e reconhecendo nossa condição plena de Estado da América do Sul, como qualquer outro.

O Império não ficava atrás, contudo na busca da proximidade e mesmo de uma cooperação continental fundada nos sentimentos que inspiravam o sonho bolivariano da *pátria americana*.

Luiz de Souza Dias, primeiro enviado brasileiro ante Bolívar, levou a Bogotá instruções em que se lia:

> "[...] V.Exa. terá um campo muito amplo para falar da maneira nobre e heroica com que Sua Majestade imperial abraçou a Causa Americana [*sic*], chegando ao ponto de renunciar à Coroa de Portugal, que lhe pertencia por direito de sucessão [...];
>
> Recomenda Sua Majestade Imperial que V.Exa. tenha bom diálogo com os agentes diplomáticos americanos que existam junto a esse governo, buscando conhecer suas opiniões e sentimentos sobre o Império do Brasil e suas instituições, e aproveitando habilmente todas as oportunidades de criar com os respectivos governos correspondências que abram caminho para que o Governo estabeleça com eles relações fixas e permanentes, até por meio de tratados que pouco a pouco possam ir lançando as bases de um Sistema Americano [*sic*]."

Pátria Americana, Causa Americana, Sistema Americano... Designações distintas para desígnios equivalentes, solidários.

Na resposta entregue a Souza Dias, em março de 1830, o Libertador vai ao ponto de dizer:

"O Império do Brasil, recentemente criado por seu ilustre monarca, é uma das garantias mais poderosas recebidas pelas repúblicas da América no curso de sua independência. Dando vosso soberano o formoso exemplo de sujeitar-se espontaneamente à constituição mais liberal, fez-se credor do aplauso e da admiração do mundo."

Colega meu, Nestor dos Santos Lima, publicou em 1978, em Caracas, interessante ensaio sobre *La imagen del Brasil en las cartas de Bolívar.* Sua tese é a de que a farta correspondência do Libertador revela três fases distintas em sua postura com relação ao Brasil: i) desconhecimento, indiferença, exemplificados pela omissão do Brasil na Carta da Jamaica e por seguir chamando-nos "portugueses" mesmo depois de 1822; ii) certa hostilidade, alimentada pelo temor de que o Império pudesse vir a servir os propósitos da Santa Aliança contra as nações hispânicas recém-emancipadas, animosidade acicatada também pelos atritos platinos do Império, e, num primeiro momento, pelo mal-entendido da ocupação de Chiquitos; iii) reconhecimento e aceitação da singularidade do Brasil no continente e, mesmo, da importância de seu papel estabilizador para a segurança das províncias que ajudara a libertar. Nesta terceira fase se incluirão certamente as declarações a Ricketts, após a entrevista de Potosí com os enviados platinos e uma vez superadas inclinações pró-argentinas que Bolívar chegara a revelar, das quais há igualmente testemunho em sua correspondência anterior.

VII FUTEBOL:
ALEGRIA ROUBADA

REMORSOS DE OBDULIO

Após a histórica vitória de 2 a 1 na final da Copa de 1950, no Rio, o líder da seleção uruguaia e carrasco do Brasil, Obdulio Varela, deixou a concentração para, sozinho, tomar umas caipirinhas. Sempre foi solitário, mesmo taciturno, e apegado a uma boa aguardente.

Anonimamente enfurnado em botequim do bairro do Maracanã, deu-se conta de que ao mesmo lugar chegava grupo de torcedores exaltados e desesperados pela perda da Copa. "Se me descobrem aqui, estou perdido" — pensou. Foi descoberto e, para sua grata surpresa, e alívio, os cariocas fizeram questão de pagar-lhe a cachaça. E até tarde de madrugada beberam juntos, solidariamente.

"Naquele momento — declarou-me Obdulio, com grandeza, 44 anos depois —, senti como é triste roubar-se a alegria de um povo." Descobri depois que esse episódio consta de pouco conhecida biografia do futebolista publicada alguns anos antes de sua morte[37].

Obdulio Varela continua herói nacional no Uruguai. Até morrer, onde ia era celebrado e aplaudido por adultos e crianças, nas quais foi cultivada com esmero a saga de seus gestos e feitos na final do Maracanã. Encontrei-o,

37 Descobri agora, em *blog* na Internet, versão ligeiramente diferente do episódio. Quem quiser conferir pode ver em <http://www.idelberavelar.com/archives/2008/05/historias_do_futebol_obdulio_varela.php>. Acesso em: 19 ago. 2009.

pela primeira vez, na Escola Tiradentes, de Montevidéu, que homenageia o precursor de nossa Independência. Mas a conversa a respeito do sobressalto e da inesperada confraternização nas imediações do Maracanã ocorreu na Residência da Embaixada do Brasil em Montevidéu, numa comemoração de Sete de Setembro. Obdulio e todo o time de 1950 eram presença bem-vinda na Embaixada, não sem surpresa para os demais convivas uruguaios, que esperavam de nós atitude mais retaliatória, mesmo vingativa, contra seu herói, nosso verdugo. Na verdade, Obdulio, como jogador e figura humana, merecia nosso respeito, nossa admiração e também — dei-me conta —, nossa amizade, sem ressentimentos.

Na mesma comemoração de Sete de Setembro deparei inesperadamente com o protagonista uruguaio de constrangimento futebolístico que havia vivido antes, numa final Brasil x Uruguai de Copa América no Estádio Centenário. Uma brasileira a meu lado, mais afeita ao espetáculo do que ao esporte, muniu-se de duas amplas bandeiras verde-amarelas e pôs-se a acená-las, nas numeradas, com vigor e constância invariáveis. Já íamos a meio do primeiro tempo quando um senhor muito educado e bem-vestido, sentado na fila de trás, tocou-me no ombro e perguntou, delicadamente: "Será que não dá para pedir a ela para mexer as bandeiras apenas quando o Brasil ataca?". Na festa da Embaixada eu o revi e pude reconhecer: era Maspoli, o elegante goleiro da seleção celeste de 1950.

BADU FALA-MANSA

Curiosamente, eu ouviria muito mais tarde, e na Austrália, da boca de um pouco conhecido técnico brasileiro, Waldir "Badu" Vieira, frase praticamente igual à de Obdulio, e aplicada a circunstâncias semelhantes.

Na noite de 29 de novembro de 1987, 98 mil espectadores lotaram o Melbourne Cricket Ground para assistirem a partida Austrália-Irã de futebol, classificatória para a Copa Mundial da França, em 1998. O Irã só precisava do empate para classificar-se; a Austrália, da vitória. Com um jogo vistoso e eficiente, e suas camisas verde e amarelas, como as brasileiras, a Austrália, conduzida pelo inglês Venables (ex-técnico da seleção inglesa, ex-Barcelona), dominou inteiramente o primeiro tempo e encurralou os iranianos, com uma vantagem de 2 a 0 e dezenas de oportunidades de gol, brilhantemente construídas. No segundo tempo o domínio foi igual, mas em apenas duas opacas jogadas, aos 76 e 80 minutos, o Irã logrou empatar 2 a 2 e, assim, apoderar-se da última vaga para a Copa da França.

Em país sem tradição no futebol (*soccer*), mesmo para o mais vivido espectador foi de impressionar o entusiasmo desinibido da torcida, antes do jogo e em seu transcorrer, e sua amarga consternação ante o inesperado e injusto empate-derrota. O comportamento dos espectadores pareceu dar nova dimensão à emoção no esporte australiano, em geral muito circunspecta: intenso na torcida, ruidoso na expressão de suas reações, frenético no aplauso e na vaia, silencioso e pungente na tristeza do desenlace. Para quem vira, semanas antes, no mesmo estádio, também repleto, a final (Adelaide vs. Melbourne) de uma das principais ligas australianas de *rugby*, a diferença era patente. Os encantos do futebol (*soccer*) pareciam conquistar, finalmente, a Austrália.

O técnico da seleção iraniana no empate redentor, o brasileiro Waldir "Badu" Vieira, surpreendeu os australianos pela virada de seu time e também pela maneira lúcida, articulada e discreta com que se houve ante as curiosas e provocadoras câmeras da TV local — expressando-se com inteligência e autoridade em inglês fluente e correto.

Já antes da partida era apresentado como "the soft-speaking Brazilian" ("brasileiro fala-mansa"); nas declarações pós-jogo foi admiravelmente feliz, decerto sensível ao silêncio solene e angustiado das cem mil pessoas no estádio, ele próprio sofrido e experiente de frustrações semelhantes às nossas. Diante de repórter que o interrogava, ainda no campo, admitiu satisfação pela vitória mas observou, com elegância e habilidade, que igualmente lamentava a derrota dos australianos, "dez vezes melhores na partida". O resultado, na sua opinião, fora "uma derrota para o futebol".

Visivelmente constrangido, lamentou ter contribuído para tanta tristeza, ao frustrar "as esperanças das crianças" e de jogadores e torcedores merecedores de uma vitória. De seu papel no jogo disse que apenas "rezara", fizera uma modificação em seu time (por sinal decisiva) e, no meio-tempo, após o massacre sofrido por seus comandados, lhes havia recomendado que se conformassem com a inferioridade evidente e se empenhassem em "terminar o jogo com alegria".

Onde andará o sóbrio e sábio Badu? Quatro semanas, apenas, antes da classificação em Melbourne, havia aceitado dirigir a seleção iraniana. Seu contrato fora um aperto de mão. A propósito de seu destino eventual, nunca deixam de ocorrer-me as palavras do poeta:

"Vou-me embora pra Pasárgada
Lá sou amigo do rei
Lá tenho a mulher que eu quero
Na cama que escolherei"

Nas fantasias escapistas do desespero, Manuel Bandeira imaginava na antiga capital da Pérsia o refúgio reconfortante para suas mágoas e inquietações. Badu foi para Pasárgada. Estará ainda por Teerã? Se não deu certo lá, haveria que reservar-lhe algum pouso no Brasil — se não a cama de sua escolha, alguma rede aconchegante, na toada reconfortante da fuga musical de outro poeta brasileiro, Dorival Caymmi:

— Eu vou pra Maracangalha, eu vou [...]

NO PIQUE DA BOLA

Emissora de TV de Caracas convidou-me para comentar os jogos do Brasil da Copa do Mundo de 1990. Passei a ser "atração" no intervalo dos jogos, e ao final deles, quando devia apresentar minhas observações a respeito do desempenho do Brasil. Totalmente inexperiente de coisas de TV e rádio, apostei na minha vivência de futebol para tentar não fazer um mau papel. E, claro, fiz minha lição de casa, estudando as copas anteriores e, sobretudo, abastecendo-me nas melhores fontes da sabedoria futebolística, brasileiras e alheias. De Neném Prancha e Garrincha a Albert Camus, Jean-Paul Sartre e Henry Kissinger, demorando-me no maior de todos, o gênio Nelson Rodrigues. Resultou uma coleção meio frouxa de máximas, frases, fatos e anedotas, desarticuladas mas que têm, aqui e ali, sua graça e sua inteligência, umas mais, outras menos conhecidas, quase todas, contudo, inesperadas. No todo, para mim irresistíveis.

Lá vão, no pique da bola:

NENÉM PRANCHA

"Pênalti é coisa tão séria que quem deveria bater é o presidente do clube."

"O jogador deve ir na bola como se fosse num prato de comida."

JEAN-PAUL SARTRE

"No futebol, tudo é complicado pela presença do outro time."

HENRY KISSINGER

"Há quem diga que o futebol é um sem fim de movimentos desconexos, sem a coreografia dos esportes norte-americanos."

"As seleções nacionais do Brasil demonstram que talento sem alegria é uma contradição em termos. Elas se exibem com uma exuberância contagiante."

"Claro, os brasileiros, sendo humanos, não podem evitar certas fraquezas. Seus jogadores se encantam de tal maneira com suas brilhantes manobras que às vezes esquecem que o propósito do jogo é marcar gols."

"Um time brasileiro no ataque — como costuma estar, a maior parte do tempo — parece uma escola de samba no carnaval. Onda após onda de camisas amarelas rola contra o gol adversário até que a resistência é vencida, sem ser humilhada; não é desgraça ser derrotado por um time cujo estilo ninguém pode imitar."

"Historicamente, a equipe mais espetacular é a do Brasil."

"O segundo time favorito de todos no mundo é o brasileiro, como a França foi por muito tempo a segunda pátria dos intelectuais."

"O estilo nacional tradicional dos italianos consiste em administrar sua energia para o minuto final."

"A seleção argentina é como o país: ou é brilhante, ou é opaca."

ARMANDO NOGUEIRA

"Para entender a alma de um brasileiro, é preciso surpreendê-lo no momento de um gol."

"Se a bola não quica, mau caráter indica."

"O crítico de futebol é um privilegiado que só começa a jogar quando o jogo termina: por isso ganha sempre."

"É no passe, de primeira ou não, que o homem se afirma um animal sociável."

"A derrota, como a vitória, por definição não é permanente. Um domingo é de melhoral, outro é de brahma casco-escuro."

NELSON RODRIGUES

"A cobrança do pênalti é o momento religioso da partida."

"No Maracanã se vaia até o minuto de silêncio."

"Os floreios barrocos tão do gosto do futebol brasileiro."

"Carreiro, o maior pescador de pênalti: quando entrava na área, espalhava o terror, porque a qualquer momento podia morrer. Caía morto e não ressuscitava antes que o pênalti fosse marcado. Abusava da própria fraqueza, transformada em arma de intimidação quase irresistível."

"Se vamos a um jogo de peteca, bola de gude ou cuspe a distância, é na esperança ainda da poesia."

"A poesia do futebol está exatamente no frango; a grande defesa não dura, é efêmera (é como a vacinação obrigatória, ou outra entrega de Oscar); o frango é eterno."

"O frango é um direito intocável do goleiro."

HENRY KISSINGER

"Eu nunca vi um goleiro brasileiro realmente bom. Talvez porque seja tarefa muito solitária. O goleiro, afinal, tem que ficar parado, atrás, enquanto seus companheiros se divertem traçando passes espertos no gramado. Ou talvez porque uma função puramente defensiva ofenda a imagem que o brasileiro tem de si."

NELSON RODRIGUES

O técnico pode ser analfabeto; não pode é ser burro.

"Os fatos não confirmaram a profecia; pior para os fatos."

JUÁN NUÑO

"O que conta é o resultado, mas a gente também quer o agregado artístico de como se obteve esse resultado."

"Olé: fenômeno de transculturação de um espetáculo a outro; mas gritar olé é querer fazer do futebol uma tourada sem touro."

"Jamais no futebol, por muita arte que se pretenda introduzir no jogo, poderá aproximar-se sequer à sombra da tourada; além de faltar-lhe a inegável beleza do homem só diante do animal, carece do componente essencial e sagrado da tourada: o ato sacrificial no ritual que assegura, em cada corrida, a constante presença da morte."

"O futebol-espetáculo deriva perigosamente para uma forma de religião popular, em que os crentes enlouquecidos (por alguma razão se chamam 'fanáticos') estão dispostos a morrer e matar."

JOAQUÍN MARTA SOSA

"O futebol é onde o homem pode ser elegante, fino, sem risco de afeminamento."

"Os gols do futebol são mais de liberdade do que de pontapé."

CRISTOBAL GUERRA

"O futebol é uma entidade social que vincula e totaliza."

NELSON RODRIGUES

"O ser humano é capaz de tudo, até de uma boa ação. Não é capaz, porém, de imparcialidade."

"Só o idiota pode não torcer, ser isento num jogo que é histericamente passional."

"Nas profundezas do cronista, ruge uma paixão imensa."

"Ai de nós no dia em que a verdade reinasse em tudo. Imagine o zagueiro correndo atrás do juiz: 'Seu juiz, foi pênalti, eu fiz o pênalti!' "

"A disciplina foi feita para soldadinho de chumbo, não para o homem. Como toda convenção, existe para ser violada. Quando vejo um time baixar o pau, concluo: 'Eis o homem'."

"Qualquer clássico tem uma aura de mistério e espanto."

PAULO MENDES CAMPOS

"Didi, o homem que quase achou o que não existe: perfeição."

JAIME TELLO

"Os times grandes jogam melhor no segundo tempo."

PELÉ

"Jogar mal e vencer é melhor do que jogar bem e perder, de acordo com o raciocínio de Lazaroni. Mas não há que esquecer que também se pode jogar bem e ganhar."

GONZAGUINHA

"Todo mundo querendo ganhar, jogando na defesa e feio, e quem resolve o problema da plateia, que só deseja ser feliz?"

VIII DISCURSOS MEMORÁVEIS

GRANDES ORADORES SEM MEMÓRIA

Julio María Sanguinetti, duas vezes presidente do Uruguai, foi certamente dos melhores oradores de seu tempo. E ainda deve sê-lo, pois seus talentos não são dos que diminuam com os anos. Douto, consistente e criativo no conteúdo, sóbrio mas invariavelmente brilhante na expressão, elegante nos gestos e na postura, era ao mesmo tempo cativante e convincente — os dois atributos principais da eloquência, que associava na medida mais alta e própria. Ressaltava em seu Uruguai, onde a oratória é cultivada como parte das boas maneiras, e igualmente nos foros de âmbito maior, latino-americano, nos quais era frequentemente chamado a falar em nome dos colegas chefes de Estado na abertura ou encerramento dos mais importantes eventos.

Em busca de subsídios para preparação de viagem de Estado ao Brasil, pesquisei arduamente nos anais de visita equivalente que fizera em seu primeiro mandato. Buscavam-se fatos e inspiração para os discursos a serem proferidos na nova viagem. Tive uma grande e inesperada frustração: não encontrei o texto de nenhum discurso do grande orador. Só, num amarelecido recorte do *Estadão*, encontrei referência aos aplausos, de pé, que um discurso seu em São Paulo havia recebido, de um público surpreso e entusiástico ante a qualidade de sua oratória.

Sanguinetti fazia questão de falar sempre de improviso.

No voo para o Brasil, a bordo do avião da Pluna (que

pela primeira vez operava como Varig), revíamos os eventos do programa acertado para a nova viagem — dentre eles, claro, os discursos a proferir, em Brasília, em São Paulo, em Porto Alegre. Houve comentários de assessores seus quanto a que o presidente, consumado orador, tiraria de letra aquelas obrigações. Ocorreu-me então o audacioso reparo: o consumado orador tem um grave defeito — é um orador sem memória, não fica registro do que diz, sua bela oratória fica sem história. Contei então sobre o malogro de minha busca. Não sei que efeito terá tido minha atrevida observação. Mas houve quem me dissesse que nos anos vindouros havia quem sempre gravasse os improvisos do presidente.

Diz-se que San Tiago Dantas também recusava ler discursos, falando invariavelmente de improviso — e sempre com perfeição e brilho. Conta-se que, ministro das Relações Exteriores, seus assessores insistiram certa vez em que proferisse discurso previamente preparado, em função da delicadeza diplomática da situação de que iria tratar. Impaciente, concordou, mas com uma ressalva vaidosa: "Eu mesmo escrevo!" No dia aprazado, subiu à tribuna e leu, pausadamente, página a página, seu discurso — ainda uma vez brilhante, irretocável. Ao terminar, descuidado, deixou os papéis sobre o pódio. Seus assessores, atentos, correram para recolher a peça magistral, destinada a ser documento crucial de política externa. Murcharam, contudo, ao ver que as páginas nada continham, estavam em branco. O grande orador tinha simulado a leitura, lido o improviso...

SÃO PAULO, CIDADE DO PRATA

Mais arrebatado em sua oratória, de expressão vigorosa, às vezes inesperada, Luis Lacalle Herrera, outro insigne presidente e grande orador uruguaio, é autor da mais audaciosa e contundente ilustração de que tive jamais conhecimento para a importância integradora da hidrovia Paraguai-Paraná.

Com imaginação atrevida e engenhosa eloquência, descreveu o projetado caminho a partir de Montevidéu e Buenos Aires, no rio da Prata, volteando para o norte em Rosário, subindo pela calha do Paraná, passando entre Corrientes e Resistência, flanqueando pela esquerda as cataratas argentino-brasileiras do Iguaçu, esquivando adiante as turbinas brasileiro-paraguaias de Itaipu, girando à direita na hidrovia Tietê-Paraná — sua afluente —, remontando o notável rio das Bandeiras até arribar na imensa metrópole paulista.

E eis São Paulo "ciudad ribereña del Plata!".

Esse arroubo oratório — e geográfico — não foi publicado, que eu saiba; mas sou testemunha, ocular e auditiva. O cenário era o palácio Taranco, em Montevidéu, a ocasião, uma comemoração a propósito de entendimento provisório alcançado por Uruguai e Argentina com relação à navegação no estuário platino.

Exagero retórico? Não sei. A meu juízo, há que levar em conta a consistência lógica inegável no raciocínio, pois a hidrovia, por definição, associa as águas dos rios que a integram numa entidade singular, de personalidade política e expressão econômica próprias, aproximando seus extremos demográficos e com isso transtornando os conceitos estratégicos convencionais a elas aplicados.

Por isso mesmo me senti tentado, na ocasião, a pedir a palavra a fim de felicitar o inventivo orador e endossar com admiração sua metáfora visionária e generosa. Ao mesmo tempo, contudo, proclamaria que, a ser São Paulo ribeirinha do Prata, na hidrovia, Carrasco e a Boca serão, necessariamente, por simetria, marginais do Tietê, do Pinheiros.

E o tango será ainda mais brasileiro.

AGUYJE

Parlamento Latino-americano, no Memorial da América Latina, em São Paulo. Colega meu discorre perante parlamentares de numerosos países do continente. Em espanhol de chamar a atenção, pela qualidade da pronúncia, a cadência da entonação, a correção da gramática, a severa elegância do estilo.

Realmente de chamar a atenção, e não só dos colegas brasileiros. Ao final de sua fala, e antes de entrar-se em matéria, senador paraguaio pede a palavra e diz que se sentia na imediata obrigação, como "hispano-hablante", de assinalar seu espanto e sua admiração pela qualidade excepcional do espanhol do colega. E se estende no elogio, explicitando e analisando as virtudes do idioma de Cervantes na expressão talentosa do orador brasileiro.

Quando termina, pede o colega, novamente, a palavra, a fim de agradecer. E o faz, não em seu festejado castelhano, mas sim em inesperado... guarani! E isso com amistosa naturalidade, sem afetação, artifício ou arrogância. O senador, de queixo caído, precisou de tempo para reerguê-lo, traduzir e fazer-nos entender.

A casa quase que cai, de surpresa e encantamento.

O colega vivera em Assunção, na infância, e ali convivera com crianças paraguaias, com as quais aprendera o melodioso idioma indígena, a segunda língua do país. Foi mais tarde embaixador nessa capital, e teve como

Pouco me lembro da passagem por Cuba, que foi banal — como já a haviam banalizado as palavras do comandante. Só me recordo de que ficamos em Havana aproximadamente 24 horas, se tanto, hospedados no ex-Riviera Hilton, e do sumiço de duas freirinhas passageiras, que se demorou a encontrar na hora do embarque e logo passaram a ser chamadas — claro — as "noviças rebeldes". O sequestrador? Foi dito em Havana que havia sido um argelino, solitário, armado de uma singela Beretta. Depois correu a versão de que não, o autor do sequestro fora um brasileiro, do Nordeste, descontente com a vida de exilado na França.

Mas do anúncio do piloto, não me esqueço. Uma peça de oratória singular e providencial, simples, direta, com a melhor das eloquências — a dos resultados.

T'ESCONJURO!

Nem todo sequestro foi tão tranquilo. Houve colega que passou tempo demais num avião de pouco fôlego, pulando de aeroporto em aeroporto, com número desconfortável de sequestradores tomando conta da cabina, nervosos, inseguros. Acho mesmo que dias, talvez uma semana. Acabou a comida e a bebida, os *toilettes* se emporcalharam, a tensão era permanente, armas automáticas à vista todo o tempo, em mãos trêmulas. Pânicos sucessivos entre os passageiros, e também entre os sequestradores — a combinação de maior risco. O avião tem pane. Precisa de reparos. É preciso esperar que venha do Brasil uma peça. Mais horas, dias de espera ansiosa, tensa, sacrificada. Mais fome e sede, mau cheiro e medo. Em Havana, não puderam descer. Tiveram de seguir viagem, sem os sequestradores, mas também sem comida e bebida, cheirando mal.

Finalmente, chega o avião a território brasileiro.

Conta a lenda que na perna anterior do acidentado voo, o colega julga ter encontrado a explicação para tanta falta de sorte. Era portador de uma carta de autor conhecido por não transmiti-la — a sorte —; muito pelo contrário. Pisando solo pátrio, finalmente, mas ainda com algumas horas de voo à frente, até seu destino, resolve livrar-se da missiva inefável. Desce à terra e joga fora o envelope.

Mas nesse gesto o surpreende um sargento da Aeronáutica, do pelotão que recebia a aeronave e a guardava.

Uma carta vinda de Cuba, num avião que fora sequestrado, e da qual um passageiro tenta livrar-se!

Eram tempos ainda de ditadura e rebelião. O militar interpela de imediato, truculento, o colega supersticioso, brandindo diante dele a carta comprometedora, que recolhera do solo pátrio. Extenuado, e novamente encurralado, o colega já antevê o Inquérito Policial-Militar (IPM), e não vê outra saída senão a de contar a pura verdade, embora ridícula, inverossímil. Conta. O sargento, ao saber da história, mais ainda se inquieta e troveja. Ao mesmo tempo, porém, atira longe a indesejável missiva, exorcizando, em pânico:

— T'esconjuro!

O colega se livrou do possível IPM, mas não escapou de uma severa admoestação do sargento, indignado ante os riscos insondáveis a que havia sido irresponsavelmente exposto.

Conta a lenda...

IX DIPLOMACIA E JORNALISMO

DE CÓCORAS, HUMANOS

> "O presidente da Venezuela, Hugo Chávez, deu hoje uma entrevista de cócoras, em Brasília, ao deixar a residência oficial do Torto, sem conseguir o que queria em relação ao Grupo de Amigos para a Venezuela. Sem perder o bom-humor e ao se deparar com jornalistas agachados para permitir que fotógrafos e cinegrafistas registrassem as imagens da saída dele, Chávez fez o mesmo: agachou ao lado do portão de acesso à residência oficial de Lula. Por alguns segundos, surpreendidos com o gesto inusitado, os jornalistas ficaram sem saber o que fazer, em meio a risos. Para não ferir o curioso protocolo encampado por ele, todos permaneceram abaixados, conversando com Chávez." [39]

De per si uma "crônica do inesperado", li essa nota na versão *on-line* do *Estadão*, datada de 18 de janeiro de 2003. Ocorreu-me de imediato uma sensação de *déjà-vu* — a lembrança de cena equivalente, no passado, e também ligada à Venezuela.

Rememorei depois:

Nos anos 1980, a presença de garimpos de brasileiros em território venezuelano gerou problemas delicados nas relações Brasil–Venezuela — os quais já cheguei a atribuir, alhures nestas crônicas, a molecagens

39 Disponível em: <http:www.estadao.com.br/arquivo/mundo/2003/not20030118p24677.htm>. Acesso em: 1 set. 2009 (N. do E.).

transcendentes do binacional Macunaíma. O Ministério da Defesa venezuelano resolveu implantar uma guarnição militar na Serra Parima (onde nasce o Uraricoera, em cujas barrancas nasceu o herói de nossa gente), na vertente oposta à de Surucucu, onde o Brasil já tinha, há anos, um Pelotão Especial de Fronteira. A base fora batizada Parima B. Convidado pelo titular da pasta a estar presente à inauguração, não hesitei em aceitar.

Na manhã do voo, contudo, já na sala de autoridades de La Carlota, o aeroporto urbano — e militar — de Caracas, ajudante de ordens do ministro puxou-me de lado e me disse que na véspera haviam sido presos na área numerosos garimpeiros brasileiros, os quais estavam provisoriamente alojados nas instalações a inaugurar, aguardando transporte para a prisão de Puerto Ayacucho. O ministro pedira que eu fosse advertido disso, para o caso de que preferisse não viajar, constrangido por aquela situação. Agradeci a educada deferência, mas retorqui que, pelo contrário, a notícia me dava mais razão para a viagem: não só estaria presente, como embaixador, à inauguração de unidade militar que nos iria ajudar a enfrentar os problemas na fronteira[40], como também era meu dever, como cônsul, prestar assistência a meus compatriotas detidos.

40 Problemas *na* fronteira e não questões *de* fronteira. Essa distinção não é só retórica; fez uma enorme diferença no tratamento dos atritos decorrentes do adensamento demográfico na remota divisa em terras de Macunaíma, no passado desolada, virtualmente deserta (Brasil e Venezuela também tinham seu clichê binacional — o dos "vizinhos amigos que se dão as costas"). A percepção daquela diferença não deixava de trazer relativo alívio tanto aos brasileiros, que não têm questões de fronteira em nenhuma parte, quanto aos venezuelanos, que só não as têm com o Brasil.

Viajei, pois.

Em Parima B encontrei nossos compatriotas sob um rancho de sapé, inacabado, com precárias paredes de barro não cozido, de meia-altura, sentados, eles, sobre o chão de terra semibatida, algemados e ligados uns aos outros, em linha, por cabos metálicos. Gente extremamente modesta e resignada, na maioria originária das partes mais sofridas do país — embora também presente um piloto de Roraima, dos que recolhiam o ouro nas pistas clandestinas, com pretensões de alto voo e que perguntava com arrogância por que tinha que permanecer preso junto dos garimpeiros de superfície.

Com os detidos conversei algo como uma meia hora, colhendo informações, anotando recados para as famílias e devolvendo banalidades confortadoras.

Ao final da entrevista, nas despedidas, agachei-me para apertar-lhes, de cócoras, um a um, as mãos algemadas. O que não os terá certamente surpreendido, de presumir acostumados à solidariedade espontânea e informal entre brasileiros, e pela própria naturalidade do gesto.

Em meio às despedidas, contudo, percebi que os prisioneiros já não me fitavam nos olhos ao me apertarem a mão. Voltei a cabeça na direção de seu olhar meio assombrado, e vi, igualmente surpreso, que, em fila atrás de mim, dois oficiais-generais que me acompanhavam na visita se haviam também agachado a fim de cumprirem o mesmo incômodo ritual dos cumprimentos de adeus aos prisioneiros atados.

Curvados, os carcereiros, para cumprimentar fraternalmente seus prisioneiros.

De cócoras, todos — humanos.

JORNALISMO VS. DIPLOMACIA 1

Topei outro dia, nos anais de uma sessão do Senado, com discurso em que Artur Virgílio menciona Vlado Herzog no contexto de grupo que chegava a Brasília para reforçar a sucursal do *Estadão* na nova capital: "Integrava uma equipe de seis jornalistas e um fotógrafo: Ary Ribeiro, Luiz Weiss, Alessandro Gambirásio, Manoel Vilela de Magalhães, Aldo Mascelani, Renato Prado Guimarães e Raymond Frajmund."

Não me lembro de Vlado, Luiz e Gambirásio na Sucursal; acho que vieram apenas para as cerimônias de posse de Jânio Quadros, que o jornal tanto fizera para eleger. Lembro-me de Vlado e Luiz ainda em São Paulo, sob o guante, os três, do severo Cláudio Abramo e do ameno Perseu — eu o mais veterano (não o mais competente), pois já havia enfrentado o Mario Mazzei e o Hideo Onaga na velha *Folha*. A convivência com os dois não foi assídua, e dela não conservo recordações relevantes; na retina já fatigada guardo ainda, contudo, bem gráfica e nítida, cena dos três andando pela São Luiz, na direção da redação no velho Jaraguá, vindo talvez do Gato que Ri, no Arouche, ou de uma daquelas lanchonetes da praça D. José Gaspar. Nada a prenunciar destinos trágicos.

Na Sucursal em Brasília, daquele grupo do Artur Virgílio ficamos o Aldo, o Ary, o Manoel, o Raymond e eu, lá sob o comando elegante de Fernando Pedreira, seguindo os passos mineiros, relutantes mas seguros, de Fernando Lara Rezende, admirando Carlos Castello Branco, o eterno Castelinho, que mandava suas inimitáveis crônicas da sucursal do *Jornal do Brasil*, três casas ao lado na quadra da imprensa da velha W3.

Tancredo Neves realizou longa viagem pelo mundo na qualidade de presidente eleito. Fazendo antessala para entrevista sua, com não me lembro quem, em Washington, jogávamos conversa fora, Antonio Pimenta Neves, segunda geração do *Estadão* em Brasília e àquela altura correspondente nos Estados Unidos (do *Estadão* ou da *Gazeta Mercantil*?), e eu, na ocasião ministro-conselheiro — ou, na expressão americana, mais lisonjeira, Deputy Chief of Mission na Embaixada. De repente me ocorre esquentar a conversa com uma pergunta que me afligia já há vinte anos (e que continua me afligindo, mais de vinte anos depois):

— Pimenta, tenho uma dúvida existencial, e ninguém melhor do que você para esclarecê-la. Você, afinal, me conheceu como jornalista, foi quem me substituiu na sucursal do *Estado* quando entrei para o Itamaraty, me conhece agora também como diplomata. Você acha que eu fiz bem, deixando de ser jornalista e entrando para a diplomacia?

Resposta pronta do amigo:

— Claro, pô. Você aqui, todo importante, cheio de mordomia, ganhando em dólares. Claro que você fez bem!

Resposta que não deixava de trair a ironia crítica indefectível no jornalista, matizada, contudo, em seu caso, por uma bonomia invariável, bondosa e relaxante, que era de sua natureza.

Não aguentei e perguntei mais:

— Aceito sua avaliação. Mas agora quero saber: sua opinião se baseia em que eu sou um bom diplomata ou em que eu era um mau jornalista?

O amigo não respondeu, por mais que eu insistisse. E minha cobrança só se interrompeu quando a entrevista das autoridades terminou (ainda na retina conservo, também, a figura de Tancredo, segurando a porta para seu visitante passar, a outra mão baixa, no abdômen...). Vinte anos depois eu o reencontraria em São Paulo, numa das posições, acho, mais importantes a que um jornalista poderia ascender na imprensa brasileira. E voltei a fazer a mesma pergunta, insistindo. Ele não se lembrava mais da conversa de Washington; recordei-a, paciente — e impertinente. Mas não houve meio, ele não respondeu.

Eu fiquei sem saber a resposta. Talvez seja melhor assim. Pois, claro, presumo... Ademais, dou-me conta agora de que a pergunta era imprópria e pretensiosa, uma vez que exigia resposta indicando que numa das profissões eu era bom, quando posso ter sido ruim em ambas.

Nem por isso deixei de continuar admirador desse afável e competente colega, amigo a distância, mas constante, como pessoa e profissional — embora por uma vez inesperado.

JORNALISMO VS. DIPLOMACIA 2

Fui nomeado chefe da então Secretaria Especial de Imprensa (SEI) do Itamaraty, por conseguinte porta-voz da instituição. Os jornalistas credenciados vieram cumprimentar-me, animados:

— Agora sim, vamos ter um bom porta-voz — um ex-jornalista!

Apressei-me em jogar água fria naquela expectativa irrealista. Bem como em fazer justiça aos esplêndidos porta-vozes que me haviam precedido.

E radicalizei, preventivo:

— O pior porta-voz é justamente o ex-jornalista.

Ao terminar minha missão, alguns dos amigos credenciados vieram despedir-se e cumprimentar-me. Não pelo meu desempenho, mas pelo acerto de minha profecia:

— Você tinha toda razão. Você provou mesmo que nada é pior do que um porta-voz ex-jornalista.

Eram tempos inaugurais da nova democracia. A imprensa, com razão, de tudo queria saber, sem travas. Mas muitas vezes não havia o que dizer-lhe. Quando, por exemplo, o fato não estava ainda maduro para a notícia, sempre impaciente, ou nas ocasiões em que o ministro fazia uma declaração delicada e os jornalistas vinham perguntar ao porta-voz o que ele havia querido dizer. O risco era óbvio, de a interpretação gerar contradições, dar lugar a mal-entendidos embaraçosos. Por isso cunhei uma frase, de polida e irretorquível recusa a comentar em situações como essa:

— Quando a voz fala, o porta-voz cala.

Versão mais elegante para o vulgar "falô, tá falado"...

Tempos de muitas frases. Eu e os colegas da SEI anotamos numerosas e inesperadas sobre o ofício da notícia, ouvidas de colegas e repórteres no embate eterno entre a fonte e a mídia, mas caí um dia na besteira de mostrá-las a um chefe que adorava agradar seus amigos jornalistas com informações de primeira e outros petiscos. Gostou tanto que, desconfiado, tive de arrancar-lhe o papel das mãos e ir correndo triturá-lo. Perdi um belo acervo. O triturador não perdoa, nem devolve...

De algumas frases ainda me lembro, contudo.

É célebre esta de José Maria Alckmin: "O que importa não é o fato, mas sim a versão". Parodiando-a, a propósito de jornalista que cismava com este ou aquele diplomata, e vergava suas notícias em função da implicância:

— O que importa não é o fato, mas sim a aversão.

A propósito da dificuldade de retificar-se uma notícia inverídica:

o desmentido jamais tem o tamanho da mentira;
o desmentido não apaga a mentira, apenas a coloca sob suspeita;
o desmentido não apaga a mentira, antes chama atenção sobre ela;
o desmentido só faz proclamar e multiplicar a mentira;

Sobre o fato, a notícia, a verdade e seus claro-escuros:

uma vez notícia, o fato, por menos verdadeiro, é indelével;
a notícia modela o fato;
o fato é rei;
é preciso ter a humildade de curvar-se ante o fato;
quem faz a notícia não é a fonte, nem o jornalista; é o fato, mas ninguém o reconhece;
o fato é humilde, não basta, o que importa é o antifato — o que está por trás dele;
o fato é chato;
nada mais frustrante do que a singeleza da verdade;
a verdade é o ideal, mas para a notícia o verossímil basta;
o inverossímil faz a melhor notícia.

Havia mais frases. Lamento havê-las perdido.

As que seguem, contudo, me ocorreram agora, e vão como fecho destas mal traçadas, à falta de melhor desculpa pelo tanto que são, as linhas, folgadas, barrocas, arrevesadas:

só a crônica admite liberdades para com o fato;
a crônica é, afinal, a trova do evento, a poesia da notícia.

SOBRE O AUTOR

Renato Prado Guimarães nasceu em Colina, estado de São Paulo.

Começou a carreira profissional como jornalista, nas *Folhas* e n'*O Estado de S. Paulo*; paralelamente, formou-se na Faculdade de Direito do Largo de São Francisco.

Diplomata desde 1963, foi secretário de Embaixada em Bruxelas e Bogotá, chefe do Escritório Comercial do Brasil nos Estados Unidos, cônsul-geral *ad ínterim* em Nova Iorque, ministro-conselheiro na Embaixada em Washington.

Promovido a embaixador em 1987, exerceu essa função na Venezuela, no Uruguai e na Austrália (cumulativamente, também na Nova Zelândia e em Papua Nova Guiné). Foi igualmente cônsul-geral do Brasil em Frankfurt, na Alemanha, e em Tóquio, no Japão.

No Brasil, foi chefe da Divisão de Programas de Promoção Comercial, porta-voz do Itamaraty na gestão Olavo Setúbal, chefe do Gabinete do ministro Abreu Sodré, chefe do Escritório do Ministério das Relações Exteriores em São Paulo — ERESP, que instalou.

Aposentou-se em abril de 2008. Reside atualmente em Frankfurt, na Alemanha.

FOTOGRAFIA ACERVO DO AUTOR

MARCOS VILAS BOAS
FOTOGRAFIAS

BARCELONA 2_2004 / CAPA / P.103, 119

HORIZONTE RETO 3_2004 / SEGUNDA CAPA / P.46-47

ZARAUTZ 2_2007 / TERCEIRA CAPA / P.120-121

ZARAUTZ 1_2007 / P.14-15, 198-199

HORIZONTE RETO_GUAECÁ 1_2004 / P.74-75

HORIZONTE RETO 5_2004 / P.144-145

HORIZONTE RETO 8_2004 / P.185, 197

Dados Internacionais de Catalogação na Publicação
Biblioteca da Imprensa Oficial do Estado de São Paulo

Guimarães, Renato Prado
Crônicas do inesperado / Renato Prado Guimarães. – [São Paulo]: Imprensa Oficial do Estado de São Paulo, [2009].
232 p.

ISBN 978-85-7060-765-2

1. Crônicas brasileiras 2. Literatura brasileira – Crônicas I. Título.

CDD 869.94

Índice para catálogo sistemático:
1. Crônicas: Literatura brasileira 869.94

Foi feito o depósito legal na Biblioteca Nacional
(lei nº 10.994, de 14.12.2004)

Impresso no Brasil 2009

formato_13,5 x 22,5 cm
tipologia_fournier
papel capa_triplex 250 g/m^2
papel miolo_offset 120 g/m^2
páginas_232
ctp, impressão e acabamento_imprensa oficial do estado de são paulo

Imprensa Oficial do Estado de São Paulo
Rua da Mooca 1921 Mooca
03103 902 São Paulo SP Brasil
SAC Grande São Paulo
TELS (55 11) 5013 5108 / 5109
SAC Demais localidades 0800 0123 401
livros@imprensaoficial.com.br
www.imprensaoficial.com.br

IMPRENSA OFICIAL
DO ESTADO DE SÃO PAULO

DIRETOR-PRESIDENTE
Hubert Alquéres

DIRETOR INDUSTRIAL
Teiji Tomioka

DIRETOR FINANCEIRO
Clodoaldo Pelissioni

DIRETORA DE GESTÃO DE NEGÓCIOS
Lucia Maria Dal Medico

GERENTE DE PRODUTOS
EDITORIAIS E INSTITUCIONAIS
Vera Lúcia Wey

COORDENAÇÃO EDITORIAL
Cecília Scharlach

ASSISTÊNCIA EDITORIAL
Bia Lopes

REVISÃO E PREPARAÇÃO DE TEXTOS
Lindsay Gois

PROJETO GRÁFICO
warrakloureiro

TRATAMENTO DE IMAGENS
Anderson Lima
Leonidio Gomes

CTP, IMPRESSÃO E ACABAMENTO
Imprensa Oficial
do Estado de São Paulo

GOVERNO DO ESTADO
DE SÃO PAULO

GOVERNADOR

José Serra